# 从巴金到叶紫

臧连明 著

全国百佳图书出版单位
时代出版传媒股份有限公司
黄山书社

**图书在版编目(CIP)数据**

从巴金到叶紫 / 臧连明著. —合肥：黄山书社，2019.12
ISBN 978-7-5461-8779-2

Ⅰ.①从… Ⅱ.①臧… Ⅲ.①中国文学-现代文学-文学评论 ②中国文学-当代文学-文学评论 Ⅳ.①I206.6

中国版本图书馆 CIP 数据核字(2019)第 293752 号

从巴金到叶紫　　臧连明　著

出 品 人　葛永波
选题策划　王晓光
责任编辑　周振华
责任印制　李晓明　李　磊
装帧设计　李　昕
出版发行　黄山书社(http://www.hspress.cn)
　　　　　营销部电话:0551-63533768　63533788
地址邮编　安徽省合肥市蜀山区翡翠路 1118 号出版传媒广场 7 层 230071
经　　销　新华书店
印　　刷　三河市同力彩印有限公司
版　　次　2020 年 3 月第 1 版
印　　次　2023 年 6 月第 2 次印刷
开　　本　700 mm × 1000 mm　1/16
字　　数　150 千
印　　张　10.25
书　　号　ISBN 978-7-5461-8779-2/01
定　　价　49.80 元

服务热线　0551-63533706
销售热线　0551-63533761
官方直营书店(https://hsss.tmall.com)

# 目　录

## 附　录

# 旧制度崩溃途中的牺牲品

## ——谈巴金《寒夜》中的汪文宣形象

巴金在《寒夜》中成功地塑造了汪文宣、曾树生、汪母这三个人物形象,但就典型概括的深刻性和个性创造的鲜明性来说,最成功的还是汪文宣。有人曾把他和果戈理笔下的巴什马奇金(《外套》)、契诃夫笔下的切尔维亚科夫(《一个官员的死》)、曹禺笔下的黄省三(《日出》)等小人物作比较,认为“文宣的典型形象,所包含的社会历史内容,比起前人所写的那些小人物来,更丰富,更有代表性”①。还有人称赞说,因《寒夜》塑造了汪文宣形象,“深刻地写出了抗战时期勤恳、忠厚、善良的小资产阶级知识分子的命运,我们才得以超时代地来思考人与人的联系”。论者并由此认为《寒夜》是巴金“最优秀的作品”②。统观巴金的全部创作,这种观点是否还有值得商榷的地方,暂且不论。但论者如此看重《寒夜》,就不能不引起我们的深思。

巴金在回忆《寒夜》的创作时说过:“我控诉旧社会,宣判旧制度的死刑。作为作家,我有这个权利,也有责任。写《寒夜》时,我就是这样想,也是这样做的。”③《寒夜》以其出色的性格塑造,成功地达到了这一预期的目的。《寒夜》的突出成就,集中表现在主人公汪文宣形象的塑造上,作品依据现实生活所提供的各种内部、外部的社会联系,从多方面来刻画人物性格,从而使《寒夜》在对生活的艺术再现中完成了自己的使命。汪文宣的悲剧性格,不仅有着鲜明的个性

---

① 陈则光:《一曲感人肺腑的哀歌》,《文学评论》,1981 年第 1 期。

② [日]山守口:《巴金的〈寒夜〉及其它》,《名作欣赏》,1981 年第 1 期。

③ 巴金:《关于〈寒夜〉》,《巴金全集》第 20 卷,人民文学出版社 1993 年版,第 698 页。

特征，栩栩如生，呼之欲出，而且深刻地概括了旧中国一代小资产阶级知识分子的厄运，显示了国民党统治下的旧制度的必然崩溃。作为一个旧制度崩溃途中的牺牲品，汪文宣形象在我国现代文学史上产生了巨大的认识价值和审美价值。

## 一

高尔基说，文学即人学。在一部小说中，人物形象塑造的成败，不仅关系到作品艺术性的优劣，也直接影响着、决定着作品思想性的高低深浅。因此，人们对典型形象的要求是极高的。它既要有鲜明的个性特征，又要有深刻的普遍意义。而后者又常常为前者所决定，没有鲜明个性的形象就不可能产生普遍意义，也不能称之为典型。黑格尔曾经说过："人的心胸是广大的，一个真正的人，就同时具有许多神，许多神只各代表一种力量，而人却把这些力量全包罗在他的心里，全体奥林波斯都聚集在他的胸中。"[①]这就是说，个性内部包含着一切社会关系，聚集着所有的社会特质，是一个非常丰富的精神世界，所以卓越的艺术家在塑造形象时，总是在人物的个性特征上下工夫，力求个性的丰富复杂，避免个性的干瘪贫乏。汪文宣形象的成功，首先就在于作家写出了他丰富的性格内涵，形象地揭示了"这一个"人物丰富的精神世界。

巴金笔下的汪文宣形象，和生活在新民主主义革命时期的小资产阶级知识分子有着某些共同的思想性格特征：本分、正直、善良。但这些属于中国知识分子的传统美德，在汪文宣身上，又表现出一定的独特性。他本分但不麻木，善良并不驯服（这主要在内心）；而正直中却带有懦弱，他认识到社会的黑暗，制度的腐败，也有反抗的意识，但并无反抗的行动。这种种表现构成了汪文宣丰富的性格世界。这是作为优秀作家的巴金对生活在国统区的小资产阶级知识分子精心观察的结果。正由于对生活有了细心的观察，巴金在塑造汪文宣形象时，

① 黑格尔：《美学》第1卷，商务印书馆1979年第2版，第301页。

能够自如地运用现实主义的巨笔，冷静、客观地表现汪文宣的身世遭遇；在对这个被污辱被损害者的悲剧人物命运的描绘中，寄托了自己对生活在社会底层的小人物的同情，对国民党统治下的旧社会的憎恨与控诉；在批判汪文宣自身弱点的同时，探索着生活在"寒夜"中的小资产阶级知识分子的出路。

巴金曾在追述《寒夜》的创作时说："整个故事就在我当时住处的四周进行，在我住房的楼上，在这座大楼的大门口，在民国路和附近的几条街。人们躲警报、喝酒、吵架、生病……这一类事情每天都在发生。物价飞涨，生活困难，战场失利，人心惶惶……我不论到哪里，甚至坐在小屋内，也能听到一般'小人物'诉苦和呼吁。"[①]对这些小人物，巴金寄予了深切的同情。汪文宣正是巴金从同情生活在不幸之中的小资产阶级知识分子的角度塑造出来的"小人物"形象。他并不是一个能够干出惊天动地事业的英雄，而是一个默默无闻的害了肺病的小公务员，在同一公司工作的人有时甚至很难记起他。作家正是从这个小人物所处的生活环境入手，在诸如躲警报、喝酒、吵架、生病等旧社会司空见惯的日常生活中，展开了生活中随处可见的小人物之间的矛盾，如婆媳、夫妻、母子之间的矛盾等等。作家巧妙地把这些小人小事放在广阔的社会背景中去表现。动荡的战争和蒋介石国民党的黑暗统治，给本来有过一段幸福生活的家庭带来了不和，使婆媳之间新旧思想的矛盾逐渐明朗化，使大学教育系毕业的汪文宣时时感到失业的威胁，警报闹得人心惶惶，物价飞涨使汪文宣一家饥寒交迫，腐朽的官僚机构埋葬了曾经有过美好理想的小人物的青春。

正是在这样的生活环境中，汪文宣痛苦地挣扎着，整日在惊恐中过日子。在公司里，他总是"埋着头，小声咳嗽，轻轻走路，好像害怕惊动别人一样"。周主任厌恶的表情，吴科长敌视的眼光，同事们没有表情的面孔，都会使他胆战心惊，毛骨悚然。一个无名的工友用粗鲁的态度向他催问任务，他也不敢有半点违拗。他整日战战兢兢地窥视上司颜色，远避同僚。在家庭里，他面对保守自私的母亲与不甘寂寞而又有虚荣心的妻子之间无休止的争吵，无所适从。他希望一家人和睦相处，但又无法排解母亲与妻子之间的矛盾纠葛，只得两边说好

① 巴金：《谈〈寒夜〉》，《巴金全集》第 20 卷，人民文学出版社 1993 版，第 501 页。

话，对两边都用哀求的目光，结果使两边都不讨好，只好自认无能，把一切罪过都加在自己身上。通过这诸种关系的描写，作品深刻地揭示了汪文宣懦弱的性格特征。

汪文宣是懦弱的，但又是善良的。妻子树生就曾经说他经常想着别人，忘了自己。事实也是如此，他在街头遇到了他的老同学唐柏青，被战时困苦的生活弄得形容憔悴，因妻子急病去世而只求早归黄泉、自暴自弃时，同情之心油然而生，甚至想到把老同学领回家中，虽然自己此时正因无法排解母亲与妻子的矛盾纠葛而陷入极度痛苦之中。他送别丢下他自己的妻子去兰州之后，见到睡在路边的两个可怜的孩子，也不由得“浑身颤抖起来”，“他很想叫醒他们，让他们到他的屋子里去，他又想脱下自己的棉衣盖在他们身上”。如果不是善良的品格所驱使，大概很难产生这种心理吧？细细读一下《寒夜》，我们还可以发现，汪文宣的善良不仅表现在对与自己地位相近的人的同情上，即使对那些与自己过不去、甚至逼自己走上绝路的人，他也是能给予谅解的。不是吗？他得了可怕的肺病，同事们不但不同情他，反而写信逼他，威胁他退掉工作。这无疑是在加速这个晚期肺病患者走向死亡的步伐，应该说这是残酷的，也是难以忍受的。然而，汪文宣竟忍下来了，并能谅解同事，他说：“其实这还是怪我生了不治的病。”“不能怪他们，他们也怕生这种病。真的，他们染上了这种病又怎么办？”其善良是不言而喻的。只是这善良施向了逼自己走上绝路的人，使之渗进了太多的懦弱的因素，甚至使人感到近于窝囊。

这种看来充满矛盾的性格的不同侧面，反映了汪文宣性格的复杂性，使读者看到的“是一个完美的有生气的人，而不是某种孤立的性格特征的寓言式的抽象品”①。但这种性格的不同侧面，又不是杂凑在一起，如同茄子、黄瓜、辣椒、西红柿……随便堆放在一个菜筐。它是“多”中有“一”，即“有一个主要方面作为统治的方面”（黑格尔语），那就是他的懦弱。正是懦弱，使汪文宣善良中似乎掺杂着无能，也使他性格中属于闪光的东西——对国民党反动统治下的社会腐败的不满情绪失去了原有的光泽。这样，汪文宣的性格既丰满、复杂，又单纯、

---

① 黑格尔语，转引自朱光潜《西方美学史》下卷，人民文学出版社 1979 年第 2 版，第 508 页。

统一,是一个完美的整体。

## 二

当我们认识了汪文宣的性格以后,还有必要进一步了解,汪文宣为什么是现在这种性格,而不是其他类型的性格。

记得英国进步作家福克斯在谈到小说典型人物塑造时说过这样一段话:“每个人都有双重的历史,他既是一个典型——一个有社会历史的人,同时又是一个个人——一个有个人历史的人。这二者虽则也许处在极端矛盾的状态之中,却自然成为一体,一个统一体,因为最后后者是被前者所决定的。”[①]福克斯在这里强调的是环境与个性的关系,指出“社会历史”(环境)与“个人历史”(个性)发展变化的一致性,后者被前者“所决定”——也就是个性发展的客观必然性。马克思主义经典作家也曾说过:“人的性格是由环境所造成的。”[②]这里所说的环境,虽然也包括自然环境,但最主要最根本的还是社会环境。这社会环境,既指性格赖以生存的整个历史时代、民族、阶级的大的环境,也指性格生活于其中的具体的个别的环境。它们和谐地统一在一起,共同对性格发生作用。高明的艺术家总是通过这两者统一的特定环境使人物性格显示出来。《寒夜》在塑造汪文宣形象时就是如此。巴金出色地把我国抗日战争时期蒋介石国民党统治下的社会环境加以浓缩,并具体化为围绕着汪文宣的特殊生活环境。汪文宣工作的那个图书文具公司以及他的家庭,成了当时国民党统治下的黑暗中国诸种社会关系和矛盾的焦点。这里有婆媳之间新旧思想、新旧道德观念的矛盾;有善良的害了肺病的小职员与只顾自己、不顾他人死活的同事之间的矛盾;有可怜的下级与可恶的上司之间的矛盾;有不高的只求温饱的生活要求与严酷的社会现实的矛盾;有小资产阶级知识分子与黑暗、腐败的社会制度的矛盾,等

① 福克斯:《小说与人民》,何家槐译,作家出版社 1957 年版,第 20 页。

② 《马克思恩格斯全集》第 2 卷,中央编译局编译,人民出版社 1995 年版,第 218 页。

等。汪文宣就是在这错综复杂的社会关系和矛盾中，形成了他那以本分、正直、善良为重要内涵而又以懦弱为主导方面的性格特征的。

从作品本身所提供的线索看来，他早年并不是这样，而是一个有理想有朝气的热血青年。他和树生从大学教育系毕业，很想办一所“乡村化、家庭化的学堂”，用自己的聪明才智为祖国做一点事。但是，走上社会之后，展现在面前的并不是他设想的那种五光十色的图画。现实生活中，到处是苦恼，到处是痛苦和血泪，到处是下层人民绝望的哀号，到处是经不住生活煎熬的人倒下去的身影，他自己也时时为家庭的生活、母亲与妻子之间的矛盾而苦恼。恩格斯曾经说过：“人们的观念、观点和概念，一句话，人们的意识，是随着人们的生活状况，人们的社会关系，人们的社会存在的改变而改变。”[①]正是随着生活的改变，汪文宣的性格也改变了。于是，早年的理想，只作为一生中最光辉的东西，留在他的记忆里，为了使一家人有一口饭吃，他不得不见人低头，甘受欺侮，而性格中的懦弱因素也就自然而然地加重了，以致成为性格的主导方面。

有人曾经批评巴金，说他“同情主人公，怜悯他们，为他们愤怒，可是并没有给这些受生活压迫走进了可怕的绝路的人指出一条出路”[②]。这批评看起来不无道理。细细想来，却忽视了一个重要的东西，那就是形成汪文宣性格的独特的具体环境。汪文宣并不是生活在革命斗争的旋涡里，并没有和当时的代表人民利益的共产党人接近，因而他的思想、行动只能保持在他自身的那个小资产阶级知识分子的认识水平上。这是他性格发展的必然结果，作者也无力改变它。巴金说：“我国的知识分子从来就是十分善良的，只要能活下去，他们就愿意工作。然而汪文宣在当时那种政治的和社会的条件下，要活下去也不能够。”[③]可不是么！即使他安分守己，每天做着那单调沉闷的工作，整日在那些半清晰、半模糊的字迹上，“机械地移动着眼光，移动手，移动笔”，让生命之血一滴一滴地流在那些校样上，结果仍是无法维持一家人的生活。他只好在痛苦和灾难中，焦灼地等待着抗战的胜利。然而，胜利到来的步伐太慢了，当胜利的锣鼓

① 马克思、恩格斯：《共产党宣言》，人民出版社 2014 年版，第 48 页。

② 巴金：《关于〈寒夜〉》，《巴金全集》第 20 卷，人民文学出版社 1993 年版，第 698 页。

③ 巴金：《关于〈寒夜〉》，《巴金全集》第 20 卷，人民文学出版社 1993 年版，第 698 页。

在街头敲响的时候，他却吐尽最后一口血痰，痛苦地结束了自己悲剧的一生。既然如此，我们有什么理由责备他不起来斗争呢？

特定的社会环境创造了汪文宣的懦弱性格。但作为一个人，一个意识的主体，汪文宣也并非完全被动地承受环境的影响，而是在尽自己最大的努力，对社会环境进行着能动的改造，尽管这改造的力量很小很小，但也毕竟是在与旧的社会制度作斗争。他的斗争有他自己特有的方式，那就是对社会不满，在痛苦和灾难中尽力挣扎。这一点正是汪文宣高出他那自杀了的老同学唐柏青的地方。

汪文宣对生活的要求是极低的，但低要求并不是无要求。由于社会的原因，他那极低的生活要求也不能满足，这更使他看清了社会的腐败，现实的黑暗。所以他看到一本为国民党歌功颂德的校样，便在内心发出了无声的抗议："谎话，谎话"。他也清楚地感到："我一生的幸福，都给战争，给生活，给那些冠冕堂皇的门面话，还是街上到处贴的告示拿走了。"但生活在困厄环境中，他只能对此表示不平，只能在苦海中挣扎。而正是这种挣扎，使汪文宣的个性放出了光彩。他挣扎的失败以致最后的死亡，更深刻地显示了典型意义。因为他在更集中、更典型的意义上体现了：在当时的社会环境下，不论你是什么人，尤其是知识分子，如果不紧紧跟上时代的潮流，而仅仅拘囿于一个窄狭的生活圈子，虽然对反动势力、黑暗社会、腐朽制度不满，但在行动上一味忍让，逆来顺受，结果只能是凄惨的绝境。

汪文宣这一典型形象本身就是对汪文宣道路的否定。

## 三

巴金曾经说过："我底作品中无论笔调怎样不同，而那些贯穿全篇的思想却是一致的，自从我知道执笔以来，我就没有停止过对我底敌人的攻击。我底敌人是什么？一切旧的传统观念，一切阻碍社会的进化和人性的发展的不合理的人为制度，一切摧残爱的势力，它们都是我的最大的敌人，我永远忠实地守着我的营垒，并没有作过片刻的妥协。”[①]这段话，可以看作巴金在新民主主义革命时期从事文学创作所遵循的基本原则的一个概述，也是巴金那一段创作的基本特色。从20年代末写杜大心开始，到40年代中期写汪文宣告一段落，在这长达二十多年的时间里，巴金一直以小资产阶级知识青年的生活、命运为自己的主要描写对象，着重刻画他们的思想和性格。我们在他描绘的一幅幅不同时期的小资产阶级知识分子痛苦挣扎和愤怒反抗的图画中，看到了一个生命接着一个生命消失，一场惨剧跟着一场惨剧排演，流不尽的眼泪，诉不完的苦痛。

郑佩瑢（《春天里的秋天》）如花的青春被封建礼教夺走了；曾经奋起反抗的张为群、杜大心（《灭亡》）、李冷（《新生》）、高志元（《爱情三部曲》）等一大批热血青年遭到了军阀的残害；摆脱不了旧思想束缚，不敢反抗命运的软弱者觉新（《家》）也被封建迷信及家庭倾轧夺去了心爱妻子的性命；到了汪文宣，更是妻离子散，家破人亡。这种悲剧至此发展到了高潮。殷殷鲜血、累累白骨，说明了时代是何等黑暗，社会是何等可憎。正因此，巴金从内心喊出了“我控诉”！控诉旧的制度和黑暗的时代，作为巴金新民主主义革命时期创作的一贯思想，自始至终体现在他笔下一系列人物形象的塑造之中。在这个意义上我们说，汪文宣与李冷、杜大心、觉新等人物是相似的，他们都是旧制度“在崩溃底途中”“捕获”到的“牺牲品”[②]。

但汪文宣又不同于杜大心、李冷。杜大心、李冷昂扬的反抗情绪以及这种反抗的失败，使我们更多地看到了作家主观感情的倾泻。在杜大心、李冷的心理上，虽然有时也存在着死亡的恐惧与信仰的坚贞的激烈搏斗，这使他们的反抗、献身精神常常有感伤的气氛。但他们毕竟都有着充沛的反抗精神，为了实现自己的理想，他们勇于牺牲自己的性命。这正是当时作家因对社会的憎恨而渴望变革的亢奋焦灼的激情的直接体现。到了汪文宣形象的出现，情况就不同了。从形象表面来看，作家这种昂扬的激情不见了，代之而来的是对生活本身

① 巴金：《写作生活的回顾》，《巴金全集》第20卷，人民文学出版社1993年版，第556页。

② 巴金：《关于〈家〉十版改定本代序》，见中国当代文学研究资料，《巴金全集》（1），江苏人民出版社1981年版，第348页。

的冷静的客观描述。我们看到的汪文宣已不像李冷、杜大心那样，希望干一番惊天动地的事业，希望痛苦地交出生命，而是默默无闻地挣扎在困厄的环境中，希望平平安安地过日子。在作家的客观描述中，我们感到，汪文宣比起杜大心、李冷来更接近于生活，似乎是"我们极熟的朋友"。他曾经有过理想，有过欢乐，但更多的是痛苦。我们可以随着他的生活足迹去感受他的苦与乐。这正是汪文宣形象的艺术力量。而这一点，在杜大心、李冷身上，我们似乎很难有较深的感受，在他们的悲剧命运面前，我们感到了他们青春的激情，对事业的投入，但让人更多感到的是理想的高层次，是常人难以企及的，因而与我们有一定的距离感。汪文宣则不同，在汪文宣的生活中，我们甚至可以感觉到自己的身影在那里走动，他就是你的兄弟，你的同事，在他的生活中，我们则更多地感到自己是一个当事者。这说明，汪文宣形象是作家更进一步深入现实和人生的产物，它较之杜大心、李冷形象对于现实的批判力量，不是削弱了，而是更深沉，更有力了。

同是怯懦者形象，汪文宣又不同于觉新。《激流》三部曲的创作标志着巴金革命民主主义思想的一个发展。它开始用科学的历史的发展的观点去分析以封建制度为支柱建立起来的家庭的必然崩溃的历史命运。他在《关于〈家〉》（十版代序）中谈到创作《家》的思想："单说愤怒和留念是不够的。我还要提说一样更重要的东西，那就是信念。自然先有认识而后有信念。旧家庭是渐渐地沉落在灭亡的命运里面了。我看见它一天天地往崩溃的道路上走。这是必然的趋势，是经济关系和社会环境决定了的。"正是在这种对封建家庭命运的清醒认识的思想基础上，巴金塑造了觉新的形象。他和汪文宣一样，是一个有着深刻的复杂性的艺术典型。表面上看，觉新和汪文宣的处境是相似的。他们都处在家里两代人的冲突之中，他们都是矛盾的；他们都知道长辈的有些要求是无理的，却都又帮助长辈劝说年轻一辈忍让、服从。他们企图调和矛盾，结果都是两头碰壁。在个人生活方面，他们都惋惜自己理想的破灭、被葬送了的光辉前程，但又都安于现状；觉新忠实地去完成"承重孙"的责任；汪文宣忍辱偷生，在困厄环境的挤压下默默无闻地生活着，而这都是他们从内心里所不愿的。总之，他们都奉行“不抵抗主义”。但是，如果考察一下他们奉行“不抵抗主义”的原因，就会发现，汪文宣和觉新是大不相同的。觉新的不抵抗，固然有着社会原因，作为封建家庭的长房长孙，因父母早逝，他不得不承担家庭的重担。为了管好那个家，他才对传统的家长制、对社会不抵抗。但根本原因并不在此，而在于觉新对那个大家庭始终抱有幻想，有留恋。不论在感情还是在理智上，他都不愿意彻底和那个家庭划清界限，因而总想以改良的方式使之永存。在一定程度上，觉新既是封建家长制的牺牲品，也是一个封建家长制的卫道士。汪文宣则不同，造成他当时处境的是国民党反动统治下的黑暗，是动荡的战争（婆媳之间的矛盾也是社会矛盾的曲折反映）。他对当时的社会并不抱任何幻想。他想反抗，但没有力量，为了求得一点基本的生存条件，他不得不奉行不抵抗。所以汪文宣形象与觉新形象有着本质的不同。觉新的怯懦使人看到了封建家长制对一代知识青年的毒害，汪文宣的怯懦则使人看到了当时中国社会的黑暗以及它必然崩溃的命运。如果说，在创作《家》时，巴金对当时社会还抱有一丝幻想的话，那么《寒夜》的出现，则表明巴金已经对社会完全失望，并看到了它必然崩溃的趋势。这正是巴金思想上的一个显著进步。

杜大心、李冷——觉新——汪文宣，从这一形象线索可以看出，巴金在新民主主义革命时期不断前进的步伐，在现实主义创作道路上的不断探索精神。也正因为有这种精神，才有汪文宣形象的艺术成就。与巴金笔下的其他形象比较起来，汪文宣形象更具有强烈的现实意义，具有更鲜明的时代感。汪文宣形象应该在中国现代文学的典型画廊里占有一定的地位。

**一点说明：**本文原载《安庆师院学报》1984 年第 1 期，北京《中国现、当代文学研究》1984 年第 9 期转载，收入《滁州文学六十年》。在陈思和的《巴金研究的回顾与瞻望》（天津教育出版社 1991 年 10 月第 1 版）中，陈思和先生指出，对巴金的《寒夜》在“人物形象的分析上，国内的评论是作出努力的。”同时，对本文将高觉新与汪文宣性格进行比较分析作了专门介绍和评述（见陈著第 118—119 页）。在后来的国内的《寒夜》研究中，本文的观点也时时被提起，这里不一一列出。

# 《憩园》:末代地主阶级的沦亡史

## (一)

巴金的中篇小说《憩园》,自问世以来,评论界褒贬不一,甚至出现了截然相反的评价。这在巴金的创作史上是少见的。

持肯定态度的如作家李广田认为:《憩园》是一本好书,是他读过的巴金作品中最好的一本。香港学者司马长风认为,《憩园》标志着巴金对文学有了新的认识,开始"踏进了彩耀千秋的艺术之宫"。他还说:"《憩园》不但是巴金最好的一部,而且是现代小说的典范。"[①]

持否定态度的如美国哈佛大学的夏志清先生在比较了《第四病室》《寒夜》及《憩园》之后,认为:"《憩园》(1944)是巴金这三个长篇中最差的一个。"[②]一九五五年武汉大学中文系三年级巴金创作研究小组在一篇《谈〈憩园〉》的文章中也说:巴金的"个别作品,我们从中很难发掘出多少值得肯定的东西,我们认为,《憩园》便是这样的作品","由于作者没有割断与地主阶级的联系,因此对一个没落地主流露出深厚的同情,从而导致了作品在基本思想倾向上的错误"。

① 司马长风:《中国新文学史》第二十六章"长篇小说竞写潮",香港昭明出版社 1978 年版。

② 夏志清:《中国现代小说史》第 14 章,复旦大学出版社 2005 年版,第 246 页。

（引自中国当代文学研究资料《巴金专集》江苏人民出版社 1981 年第 1 版。文中未注明出处者，均见此书）

本来，对一部文学作品，一个艺术形象的评价不尽一致，是一种正常现象，恰如鲁迅所说："看人生是因作者而不同，看作品又因读者而不同。"但是，无论读者的看法怎样不同，立论总要符合作品的实际，才能站得住脚。为了有助于对《憩园》得出准确的结论，我们不妨先看看作家本人对作品的认识。1960 年，在《巴金文集》十三卷后记中，作家曾说过，《憩园》是一部"失败之作"，对于苏联彼得罗夫的批评，"我没法反驳他"。但后来在《关于〈寒夜〉》中，巴金谈到此事时又说："我太小心谨慎了。为什么不能反驳？""我控诉旧社会，宣判旧制度的死刑，作为作家，我有这个权利，也有责任。"1980 年年初，在同访问者谈《憩园》时，巴金表示："我今天还是比较喜欢它。它是真实的。"同年 4 月，在日本京都讲演会上，他又表示，在他的小说中，他最喜欢的"有《激流三部曲》，有《憩园》，有《寒夜》"。看来，作家对《憩园》基本持肯定的态度，似乎还有一种偏爱。这是什么原因呢？是巴金不愿接受批评者的意见？还是由于某种特殊的情况使他对《憩园》产生特殊的感情？

诚然，1944 年 5 月，写作《憩园》的过程，就是巴金组织家庭的过程，作者在对新生活的憧憬中，难免把《憩园》看成是他和肖珊爱情的纪念品。巴金谈《憩园》时也确实说过这样的话："作家也有为自己写作的时候，我写这些人，可以说是为我自己留一个纪念品。"但是，以"服务人生""有益社会"为基本文学主张的巴金，总是怀着强烈的使命感和责任感去从事创作的，他把同敌人战斗，给读者帮助，用作品积极影响社会人生，当作自己孜孜探求的目标，而不可能仅仅"为自己写作"，因此，作家对《憩园》的偏爱必然还有其他更重要的原因。

倘若我们读完了《激流三部曲》，再认真阅读一下巴金 1961 年写的《谈〈憩园〉》一文，我们对巴金的"偏爱"就会有比较清醒的认识了。巴金说："最初的杨老三的故事并不像我后来写出的那样，而且我那时还想把它编进一个叫作《冬》的中篇小说里面，那个冬天的深夜，我躺在架子床上想到的中篇小说《冬》应当是《秋》的续篇，《激流三部曲》的尾声。我写《冬》的念头并非如夏日的电光一闪即逝,它存在了一个较长的时期。另一件事甚至帮助我想出了中篇小说的一些具体情节。它就是我在前面提到的第二件事情,有一天傍晚,我走过正通顺街我们老家的门前,我走过我离开了十八年的故居。街道的面貌有了改变,房屋的面貌也有了改变。但是它们在我的眼里仍然十分亲切。我认识它们,就像见到旧雨故知一样。”从这段话可以看出,《激流三部曲》的最后一部《秋》完成以后,作者意犹未尽,在较长的时间内还有创作续篇的欲望。这是因为,《激流》生动地表现了腐朽的封建家庭必然衰落,新生的民主势力必然崛起这样一个有强烈政治意义的时代主题。并在这个主题统摄下,每一部都从一个侧面控诉了封建专制制度对健康人性的摧残。《家》攻击了封建势力对青年美好爱情以及对追求幸福愿望的扼杀,《春》抨击了封建家庭对女性的侮辱与残害,《秋》则控诉了封建思想对少年儿童身心的摧残。封建家庭的必然衰亡作为一种无法抗拒的历史趋向,在三部曲的情节的不断推进中,已经自然而然地显现出来。但是,在“家”衰落之后,末代封建阶级本身是否也要经历一个沦亡的过程?高克安、高克定这一类纨绔子弟是否要经过一个人格堕落的过程?是否要“让高克定那样的人尝尝他自己栽的树上结出来的苦果”?① 回答是肯定的。而这些在《激流》中作者还没有来得及充分表现,因此,任务就历史地落到了《秋》的续篇《冬》的身上。巴金虽没有及时完成《冬》,1944 年与肖珊结婚不久,却完成了《憩园》。这不是《激流三部曲》的直接尾声,杨梦痴也不是《激流》中的人物,但是,它具有《激流三部曲》尾声的意义。杨老三身上显然有着克安、克定兄弟的影子,他的下场就是他们的必然下场。《憩园》与《激流》有着内在的一贯性。《憩园》所体现出来的主题思想,不仅加重了《激流》对社会的批判力量,而且是对《激流》主题的扩展与深化。从这个意义上,我们可以说,《憩园》是《激流三部曲》不可分割的一部分。而《激流》是作者所喜爱的代表作,巴金偏爱《憩园》也就在情理之中了。

---

① 巴金:《谈〈憩园〉》,《巴金全集》第 20 卷,人民文学出版社 1993 年版,第 466 页。

## （二）

巴金有一个五叔，在家庭破落之后，不顾妻儿的死活，用完了妻子的钱，抛弃了家，后来自己也无法度日，便又厚着脸皮回家，但妻儿不肯接待这个已经成为“惯窃”的丈夫和父亲。冬天，“五叔”被警察抓起来，由装病而传染到真病，糊里糊涂地死在了监牢里。这件事给巴金留下了极深的印象。在《家》里，巴金曾以此人为原型塑造了高公馆五爷高克定形象，并对他进行了严肃的批判与否定。1941 年和 1942 年，巴金两次回故乡成都，又听到不少关于五叔堕落的故事，也见到了旧的封建家庭的衰落，昔日的公馆几易主人，“许多可爱的生命葬入黄土，接着又有许多新的人继续扮演不必要的悲剧”。[①] 这一切都唤起了他的惆怅、悲哀和思索。但巴金并没有像他“姑母或者嫂嫂，设法进到那所易了主人的公馆，对着园中的花树垂泪，慨叹着一个家族的盛衰”[②]，而是在多种复杂情绪支配下，以五叔的生活为依据创作了中篇小说《憩园》，借作品抒发自己的感情，表达了自己的思想。

作家的本意是想借“憩园”主人变迭的线索，通过杨老三的堕落、死亡和姚家表面幸福、融合、内里潜伏衰败祸根的生动描写，揭示封建家庭的必然破产与毁灭以及末代地主阶级必然沦亡的历史命运，批判那种福荫后代、长宜子孙的封建思想。应该说，作家的这些思想在作品中揭示得还是比较透彻的。

首先，作品准确把握并形象表现了金钱在封建家庭衰落过程中的支配作用，客观上展示了金钱制度的必然灭亡。马克思说，“货币在中世纪早期的典型封建经济中几乎是没有地位的”[③]，但是，“随着商品流通的扩展，货币——财富的随时可用的绝对社会形式——的权力也日益增大了”[④]。这种“权力增大”表

---

① 巴金：《爱尔克的灯光》，《巴金全集》第 13 卷，人民文学出版社 1990 年版，第 347 页。
② 巴金：《爱尔克的灯光》，《巴金全集》第 13 卷，人民文学出版社 1990 年版，第 348 页。
③ 《马克思恩格斯全集》第 21 卷，中央编译局编译，人民出版社 1995 年版，第 449 页。
④ 《资本论》（节选本），中共中央党校出版社 1983 年版，第 50 页。

现在巴金的《憩园》中是那样的形象生动、具体可感。你看！姚国栋的儿子，那个在性格上与《激流三部曲》中觉英、觉群相似的小虎，热衷于赌博、不求上进的恶习，对自己后母万昭华的不尊重以及对下人的蛮横无理，完全是建筑在金钱之上的。他的威风、任性、堕落，比杨梦痴、姚国栋少年时期有过之而无不及。这固然是由于小虎失去了亲生母亲，作为父亲的姚国栋对他倾注了更多的爱，这种爱影响了他对孩子性格的客观估价，因而放松了管教，加速了小虎的堕落，但更主要的是由于姚国栋摄于金钱的“权力”，不愿得罪比自己更有钱的岳母，结果任儿子在堕落的泥坑中越陷越深，直至最后走向死亡，这也是这个家庭的必然结局。

在这里，人们清楚地看到，金钱“无情地斩断了把人民束缚于天然尊长的形形色色的封建羁绊，它使人和人之间除了赤裸裸的利害关系，除了冷酷无情的‘现金交易’，就再也没有任何别的联系了”[①]。可不是么？作为封建家庭没落过程中“偏执自私观念的牺牲品”，小虎的思想里所接受的已经不仅仅是封建宗法观念的毒害，而更主要的资产阶级的思想意识。因此他所看重的已经不是门阀等级，而是金钱。正如姚家佣人老文所说：“坏就坏在赵家比我们老爷更有钱，虎少爷就相信钱。偏偏太太娘家又没有多少钱，家境比我们姑太太还差，虎少爷当然看不上眼。”这种金钱拜物的心理正是资产阶级的意识的典型反映。巴金的可贵之处就在于，在 1941 年和 1942 年的成都，在封建势力仍占统治地位的政治形势下，他不仅敏锐地看到了资本主义的缓慢增长，封建家庭关系中金钱观念的渗透，“看到金钱的威风，和钱滚钱，利滚利，坐吃山空的丑恶大表演”，而且能揭开生活的面纱，准确地表现了金钱在封建家庭衰落过程中的支配作用；并通过黎先生之口诅咒了资产阶级金钱制度的必然灭亡的历史命运，从而丰富了《憩园》的思想容量，加重了《憩园》对社会的批判力量，也增加了作品的历史纵深感。

其次，作品通过“憩园”新旧两代主人的兴衰机遇的描写，深刻地揭示了没落地主阶级不可救药的腐朽本质和必然沦亡的历史命运。关于《憩园》，巴金曾

---

① 马克思、恩格斯：《共产党宣言》，人民出版社 2014 年版，第 30 页。

写过如下一个"内容说明"："这部中篇小说借着一所公馆的线索写出了旧社会中前后两家主人的故事，写出封建地主家庭的必然没落，在这本书里不劳而获的金钱成了家庭灾祸的原因和子孙堕落的机会。富裕的寄生生活使得一个年轻人淹死在河里，使得一个阔少爷终于病死在监牢中，使得儿子赶走父亲，妻子不认丈夫，憩园的旧主人杨家垮了，它的新主人姚家开始走下坡路。连那个希望'揩干每只流泪的眼睛'的好心女人将来也会闷死在这个公馆里面，除非她有勇气冲出来。"可见，作品的主旨就是解释封建地主家庭有的"垮了"、有的在"走下坡路"，而这些主要是通过杨梦痴和姚国栋这两个人物来体现的。

杨梦痴是一个性格复杂的没落地主形象。他因吃喝嫖赌花光了祖上的遗产，被妻儿赶出家门，变成了在破庙里栖身的惯窃。他不敢见人，也无脸见人。因为生活无着，他有时也溜到阔绰的旧居门前去发泄自己的怀旧心绪，有时也想再同妻儿一起安居下来。他多次信誓旦旦地对家人保证不再去"小公馆"，不再去干坏事。但终因毅力丧失，恶习难改，又一次次被儿子赶出了家门。这时，他开始尝到了自己亲手栽种的苦果。他后悔了。他的后悔是真诚的，发自内心的，但他的行动又一次次地违背了自己许下的诺言。就连他自己也不得不承认，"我改不了我的脾气"。这里，作品用较多的篇幅描绘了杨梦痴言行不一，看到自己恶习，想改又改不掉的性格特征，形象地显示出，长期的寄生生活，使杨梦痴失去了劳动的本领，也失去了人类共有的克服自身弱点的毅力。在人格沦丧、道德堕落的过程中，他已经病入膏肓，不可救药。因此，他的没落与沦亡有着不可抗拒的历史必然性。

与杨梦痴相比，姚国栋似乎是幸运的。他有一笔可观的家业，可供整年吃喝玩乐，有一个比自己更阔绰的岳母大人，家中有一个聪明美貌、性情温柔、心地善良的妻子，一个被他称为"第二个宝贝"的儿子。应该说，这样好的条件，他完全可以无忧无虑地过着极为舒适的生活，为社会干一番有益的事情。但他整日无所事事，只知吃喝玩乐，并认为自己的家业是万世不朽的。其实，这个家庭和原先杨梦痴的家庭一样，早已孕育着内在的危机。妻子万昭华并不像他所希望的那样，甘心做笼中之鸟，供他玩赏。她的生活天地虽然只是"两个家，一个学堂,十几条街”,但她从书本上接触到一个更为广大复杂的世界,她时时被这个世界所吸引,她渴望呼吸一些新鲜空气,到一个更广阔的天地。因此,她与丈夫在思想感情上潜伏着内在的裂痕,只不过暂时没有暴露罢了。而富裕的生活断送了小虎的生命的时候,这个被姚国栋自认为幸福、美满的家庭就开始敲响了第一声沉重的丧钟。从此,这个“憩园”的新主人也踏着老主人的步伐,亦步亦趋,走向了衰败的边缘。

杨姚两家的悲剧命运相互映衬,相互补充,充分说明了:在旧社会里,地主阶级因其自身的腐朽本质而自己尝到了亲手栽种的苦果;资产阶级也因金钱的腐蚀而注定得不到好的命运,而这些悲剧正是由剥削阶级自己造成的。从这里,人们不难体会到,巴金创作《憩园》的真正意图以及所体现出来的思想锋芒,仍然是攻击旧社会,宣判旧制度的死刑,这也是巴金一贯的创作思想。不过,这一意图的体现是曲折的、含蓄的,需要细加体会的。因此,在理解作品时出现各种不同的意见,是完全正常的,也是可以理解的。

## (三)

在《激流三部曲》中,巴金毫不留情地把高克安、高克定这样的人物送上了历史的断头台。可是到了《憩园》,当这个大家庭彻底崩溃,当杨梦痴等被诅咒的人物彻底没落,走向沦亡的时候,他却给予他们明显的怜悯和惋惜,并因此遭到众多的非议,就连作家自己也颇有微词。巴金说:“我写了《憩园》的旧主人的必然灭亡和新主人的必然的没落,可是,我并没有无情地揭露和严厉地鞭挞那些腐朽的东西,在我的叙述中却常常流露出叹息甚至惋惜的调子。我不应当悲惜那些注定灭亡和没落的人的命运。”①“我知道‘憩园’会卖掉,杨老三会惨死,姚诵诗也保不住他的儿子和他的公馆,我觉得事情应当这样发生。但是,我讲

① 巴金:《〈巴金全集〉第13卷后记》,《巴金全集》第8卷,人民文学出版社1989年版,第415页。

起这些事情，无意间会流露出几分惋惜。”①

根据巴金的自述，他对杨梦痴的原型——自己的五叔之死当时并无任何惋惜之情，在作者的心目中，“他早已是一个死人了”。甚至连亲友也“没有人怜悯死者，似乎大家都有一种关上了一本看厌了的旧书的感觉”。那么，在《憩园》的字里行间为什么会流露出“几分惋惜”，唱出“挽歌的调子”呢？在《家》里表现出对封建制度不共戴天的仇恨的巴金，难道此时会一改初衷来惋惜旧制的衰亡和封建家庭的没落吗？如果不是，我们应当怎样评价这“挽歌的调子”？

在作品中，所谓“挽歌的调子”，主要是通过作家黎先生的形象塑造体现出来的。而作为故事叙述人的作家黎先生显然有着巴金自己的影子。因为巴金有一段时间也常在朋友家做“食客”，1934 年 11 月去日本，也曾改名“黎德瑞”，回国后也常用这个名字。当然，这并不是说黎先生就是巴金。作为一个独具性格的文学形象，黎先生自有他存在的意义。他正直、善良，对劳苦大众怀有深厚的同情和充分的理解。他夜以继日地工作，坚信“活着为自己的理想工作是一件美丽的事情”。他早已脱离了剥削阶级家庭，长期靠稿酬度日。回到故乡之后，也不愿和阔绰的亲朋故友来往。这是一个在思想深处存在很大矛盾的人物。他既厌恶自己所看到的一切，厌恶杨梦痴的为人，认为杨梦痴、姚国栋的结局都是自食其果，却又为杨梦痴被社会抛弃而走向沦亡表现出发自内心的怜悯和惋惜。当听到杨老三的死讯时，他还不自觉地“打了一个冷噤”，想起杨老三的往事，竟然流下了眼泪。尽管巴金认为黎先生的行动他是不满意的，黎先生想挽救杨老三也不是作者的本意，但是，我们还是应当承认，黎先生这种性格特征和心理矛盾，是巴金思想矛盾的曲折反映，因为它长期存在于巴金思想以及创作中的“爱”与“恨”的矛盾是基本一致的。

这种“爱”与“恨”的矛盾，看起来不好理解，似乎不可思议。但只要把这种矛盾放在特定的历史环境内，与巴金的经历及思想联系起来考察，就可以发现，这种矛盾的出现并不奇怪。作为地主阶级家庭的叛逆者，巴金对地主阶级的认识是复杂的。一方面，他看到封建制度的不合理，希望封建制度的早日崩溃；另

① 巴金：《谈〈憩园〉》，《巴金全集》第 20 卷，人民文学出版社 1993 年版，第 481 页。

一方面,他与旧家庭在感情上又一时难以割断。他恨这个家庭制度,因为它吞噬了多少无辜的年轻人的生命;但他又爱这个家庭中的成员,因而在分析他们的阶级本质时,有时会无力摆脱感情因素的束缚。结果就造成这样一种矛盾:他所"恨"的常常包括他所"爱"的。反映到作品中,一边是对封建家庭制度的刻骨仇恨和无情攻击,一边却是对这个家庭的成员的深沉热爱和充分的谅解,即使这个家庭成员有时会是封建家庭制度的维护者(如觉新)。体现在《憩园》里,就出现了对杨梦痴这样一个既让人厌恶又让人怜悯与惋惜的人物。

对于作品对杨梦痴的批判与否定,人们均无任何非议。对于作品对杨梦痴之死的怜悯与惋惜,多年来却一直被否定《憩园》的同志列为重要依据。就连巴金本人后来也认为:"我本来应当对杨老三作更严厉的谴责和沉重的鞭笞的",但是,"我在这场斗争中并未取得胜利","这里并没有神秘不可理解的地方,作者的思想、感情、立场、观点在这里起了很大的作用"①。可见,巴金也认为这因怜悯和惋惜而引起的"挽歌的调子"影响了作品的思想力量,削弱了作品的批判锋芒,这似乎是《憩园》的致命伤。

我们并不否认,《憩园》中爱与恨的矛盾反映了作者世界观的矛盾,说明作者早期形成的社会革命理想中的有些消极因素至今还在起作用。而这里起主要作用的是作者深厚的人道主义精神,这就是既有对美好事物的无限热爱和同情,也有对行将灭亡的事物的惋惜与怜悯。和常见的人道主义者一样,巴金在《憩园》里并不主张打落水狗,即使对曾经作恶多端的杨老三,一旦处于沦亡的边缘,他也升起了一种恻隐之心。这正是《憩园》字里行间流露"挽歌的调子"的关键所在。表面看来,由于作者这种思想上的原因,使作品罩上了一层温情脉脉的纱幕,对封建制度的批判锋芒似乎没有《家》表现得那么尖锐,我们似乎可以由此推论,巴金此时开始惋惜旧制度的衰亡和封建家庭的没落,从而导致《憩园》"基本思想倾向上的错误",甚至如有的论者那样武断地认为作品"很难发掘出多少值得肯定的东西"。殊不知,这恰恰是对《憩园》的误解。

实际上,作品对杨老三的怜悯与惋惜,并没有影响作者对杨老三性格的本

① 巴金:《谈〈憩园〉》,《巴金全集》第20卷,人民文学出版社1993年版,第480页。

质把握，更没有削弱作品对旧制度的批判力量。恰恰相反，作品正是在温情脉脉的艺术描绘中完成了对杨老三性格的无情解剖与对社会的沉重批判的。在作品中，我的经常可以看到杨老三的“怀旧”言行。作家就是通过对这些言行的形象描绘，生动地展现了他那被长期寄生生活扭曲了的人性的艰难复归。昔日的杨老三生活于富贵之家，认为不计其数的家产可以使他幸福永存。他吃喝嫖赌，荒淫放纵，以致败光家产，流落街头，连亲弟弟也不认他，并把痰吐到他身上。世态的炎凉给他上了深刻的一课。他开始怀念过去，面对孩子从“憩园”里为他偷摘来的自己喜欢的山茶花，面对已失去的旧宅的大门，他真诚地后悔了。这后悔与怀旧的心情交织在一起，使他对自己过去的邪恶生活产生了强烈的自责。这自责充分体现了：他身上早已逝去的人性已经开始悄悄地复归。但是，这样一个初具悔改之意的人，最终仍没有彻底自新，反而在沦为惯窃之后，死于非命。封建制度对其毒害之深由此可见一斑。对他的死，作者表示一点惋惜与怜悯又有什么不可以呢？难道命运对他的惩罚还不够吗？更何况，他的悔恨，他的自责，一切都是自食其果，都是对自己那腐朽的剥削阶级本质的自我否定，是对造成他现有性格的社会环境即封建制度的无情控诉。这不正说明作者对杨老三性格剖析的鞭辟入里，对封建制度批判的深刻沉重吗？我们有什么理由对作者如此描写表示异议呢？

## （四）

在《憩园》中，巴金还花了相当多的笔墨，着力刻画了一个聪明美貌、性情温柔、心地善良的女主人公万昭华形象。这是一个生长于知识分子家庭，哥哥是大学教授，自己是学生出身，有知识，热爱生活的“新派女性”。她爱周围的一切，希望世界上的人们都能过一种互相同情友爱的生活。因此，她希望小说、也希望现实生活中的每一个人都有一个美好的结局。但在实际上，她自己的天地只有“两个家，一个学堂，十几条街”。她好像温室里的花朵，笼中长大的小鸟。

在偌大的公馆里,她除了陪母亲看戏,陪丈夫逛电影院外,没有任何正事可干。如果她在完全"舒适"的环境中,迷恋姚诵诗给她安排的一切,安于现状,她是可以心满意足的。但是,她不愿在这没有创造力的宁静中使自己的生活陷于停滞与凝固,她不愿让自己美丽的青春和生命寂寞地消逝在这"可怕的坟墓"里。因而,她是苦恼的。她的苦恼,不在于她的昏迷糊涂,而在于她有一定程度的清醒。憩园旧主人杨老三所走过的堕落道路,使她在预卜自己家庭的前途时不寒而栗;而赵家的仇视,小虎的轻蔑,丈夫的不理解,更使她分明看到自己眼前的路是那样的狭窄和迷茫。她深深感到,自己的美好理想,虽然在黎先生的小说中勉强得以实现,但在实际生活中,在她生活的公馆里,是根本找不到出路的。由于因袭着沉重的封建思想的重负,她又无力脱离充斥于公馆的空虚与宁静,更无力冲出这"坟墓式"的公馆。因而,她对美好生活的追求是茫然的、软弱的。她有好心,结果只能是徒然苦恼、空虚以至感到窒息。没有大的社会变革,或者家庭事故,个人灾祸,她"很可能会安静地或憔悴地死在'坟墓式'的公馆里"。

值得注意的是,巴金早年所塑造的女性形象中,既有一批作为革命者的女性,如李静淑、张文珠、李佩珠(《灭亡》《新生》)、冯文淑(《火》);也有一批作为封建礼教制度牺牲者和反抗者的女性,如瑞珏、梅、鸣凤、琴(《激流三部曲》)。而在这些人物之后出现的万昭华形象,不仅失去了李静淑的牺牲精神,张文珠摆脱封建家庭的勇气,李佩珠坚定的信仰、对未来充满乐观的进取以及冯文淑追求真理的热情,甚至连反封建礼教制度的要求也没有鸣凤表现得那么强烈,更没有琴那样"争取做一个独立的人"的行动。在万昭华身上,我的更多地看到了瑞珏、梅的影子,看到的是她对命运的叹息、忍耐与屈从。而这些,就使她那对新生活的追求,对世界不平的感叹,对人与人之间互相仇视现象的不满,失去了原有的力量和光彩。但在巴金的笔下,她又确实是一个深受作者喜爱的,善良、贤惠、美丽的女性。对于她,作者在同情其不幸命运的同时,对她美好善良的感情更给予了深深的赞美。你看,无论是外貌还是内心,她都犹如阳光。她的话可以照亮别人的心,她的笑可以使周围增添亮色。这样一个头上罩着"灵光圈"的可爱女性,却在一个地主家庭里当主妇,被那狭窄的死气沉沉的生活束缚着，慢慢消耗着年轻的生命，这不能说不是一件悲哀的事。如果说，在杨老三、姚诵诗身上，人们更多地看到末代地主阶级的腐朽性和不可救药，那么，在万昭华身上，人们看到的则是封建家庭对美好人性的扼杀。在巴金看来，世界最好的道德、最美的人性就是爱与同情。而万昭华在这方面是最具特色的。她做人的宗旨是“给人间添一点温暖，揩干每只流泪的眼睛，让每个人欢笑”，“帮助人，把自己的东西拿给人家，让哭的发笑，饿的饱足，冷的温暖”。在那阴暗冷酷的环境中，能保持如此美好的品德与感情，已属不易。更何况，严酷的现实——封建家庭生活正从多方面侵蚀她的思想，扼杀她的美德，抹去她性格中反抗的锋芒。长此下去，结果是令人忧虑的。对于这一点，巴金有着清醒的认识。他深深感到：万昭华“在姚家不正是一只笼中小鸟吗？不正是一个‘玩偶’吗？”……“我写《憩园》的时候，对这些好心女人的命运的确惋惜，我甚至痛苦地想，倘使她们生活在另一个社会里，活在另一种制度下，她们的青春可能开放出美丽的花朵，她们的智慧和才能也有机会得到发展和发挥，总之她们不会像在旧社会里那样做一辈子的寄生虫”①。

因此，万昭华的苦恼与叹息，就绝不能仅仅从她受赵老太太以及小虎的气这个角度来理解，而应当理解为由于整个社会制度的原因，使美好的人性受到了压抑。这一描写，进一步深化了作品的主题，丰富了作品的思想内涵，也正是作品对旧制度的批判的深刻有力之处。

很显然，万昭华的形象，有着作者在40年代凝重的暮霭笼罩着大地之时低沉感情的投影。封建家庭已经衰落，末代地主阶级正在走向沦亡，新兴资产阶级表面的兴旺已经无法掩盖其走下坡路的历史命运。在这历史的十字路口，新的希望在哪里？或者如万昭华所疑问的“什么时候结束人间的痛苦”？巴金心里并没有十分明确的答案。但他借黎先生之口作了这样的回答：“再过一两年我们就会看到胜利。”由于没有十分充分的具体描写作为依据，这个回答的苍白无力是显而易见的，只能是一种精神上的自慰。这里有巴金远离革命旋涡的因素，也有他早期信仰人道主义重又起作用的因素，从而使他在认识社会基本问

① 巴金：《谈〈憩园〉》，《巴金全集》第20卷，人民文学出版社1993年版，第480、481页。

题以及把握社会发展趋势时,无力克服自身的局限性。

正因为如此,巴金在《憩园》中把主要希望寄托在他所欣赏的万昭华式的仁爱之心上,似乎只要人人都有了这种仁爱这心,应能消除不合理的封建制度和旧的道德观念,就能减轻人类的痛苦与不平。以此为出发点,巴金着意塑造了仆人李老汉、老文以及那位下江妓女“老五”形象。尤其是李老汉与老文,有着善良、忠厚、勤快、耿直的禀性,真诚地关心着杨老三一家人的命运,也关心着姚国栋一家的安宁。在自己被奴役的同时,仍不乏可贵的仁爱之心,甚至那位在杨梦痴走向堕落过程中起了一些推进作用的下江妓女“老五”,在杨梦痴落拓潦倒之后,还能表现出重情义甚于重金钱的道德品质。这与杨梦痴的那些同胞兄弟比较起来,在道义上也不知要高出多少倍。可见,作者这里所要提示的道义的力量,只有在那些被侮辱与被损害的人们中间才能真正找到,而在那些封建地主阶级人物中间是根本找不到的。

当然,巴金这种希望的寄托有着明显的局限,正如他自己在《谈〈憩园〉》中所说的,有时他“让笔带着自己走路”,有时“让理智迁就感情”,结果就造成了“我常说我鞭挞的是制度,旁人却看到我放松了人”。并且,由于作者世界观的局限,对当时中国社会的内在运动及前景缺乏应有的敏感,因而他所给人们提出的“希望”仍然是朦胧的。但是,这并不影响《憩园》作为一本现实主义的优秀作品,立于中国现代文学之林。因为它对于封建家庭及末代地主阶级命运的深刻揭示,为我们认识正在衰落途中的封建制度的本质,提供了一把入门的钥匙,其意义将是十分深远的。

(原载《安庆师院学报》1987 年第 1 期)

# 叶紫：清醒的现实主义

在20世纪30年代的中国文坛上，叶紫的名字是举世瞩目的。他才华横溢，本应留下大量的"纪念碑式的"鸿篇巨著，却英年早逝——仅在世间停留了29个年头；他才思敏捷，本可以更多地思考中国革命文学的重大问题，推进新文学的进程，却因贫病交加，匆匆走完了不该就此完结的路；他用于创作的时间仅有断续六七年，却留下了近百万字的作品，为中国现代文学添写了辉煌的一笔。

## "冲到时代的核心中去"

作为社会意识形态的文学作品，能否成功地表现时代，应该说是衡量艺术价值的一个重要标志，同时也是确定作家思想水平高低的主要标志。普列汉诺夫认为："愈是大作家，他的作品的性质由他的时代的性质而定的这种关联也就愈强烈愈鲜明。"①中外文学史的经验都表明，具有艺术生命力的作品常常是时代特色鲜明的作品；具有伟大成就的作家，也往往是十分重视表现时代性的作家。巴尔扎克以九十余部小说组成的《人间喜剧》，用编年史的方式"为我们描绘了法国19世纪上半叶整个时代面貌"②。托尔斯泰以"他天才的艺术作品和

① 普列汉诺夫著、吕荧译：《两篇关于古·朗松"法国文学史"一书的评论》，见《论西欧文学》，人民文学出版社1957年版，第121页。

② 《马克思恩格斯选集》第4卷，中央编译局编译，人民出版社1995年版，第462页。

他的学说”,“非常突出地反映着”“1861 年以后和 1905 年以前的时代”,而成为俄国革命的“一面镜子”[①]。茅盾则以“把整个时代竭力描绘出来的大陆式的劲头”[②],运用马克思主义观点,对“全般的社会现象”(茅盾语)进行了精密的观察和分析,及时抓住关系社会命脉的重大问题,正确处理人物与时代环境的关系,艺术地展开了时代发展风貌和历史发展趋向,使作品取得了深广的历史内容和长效的艺术魅力。

同样,叶紫的创作之所以没有随着时代的推移而失去原有的艺术光泽,关键是作家从事创作之初就密切注视着当时社会现实生活的重大斗争,他的思绪始终在为探求 20 世纪 30 年代中国革命进程中各种重大问题的答案而起伏萦回。在创作时,他尤其注重题材选择的现实性和战斗性。这也决定了他的作品能够紧密应和革命的步调,具有强烈的革命功利主义和政治倾向上的鲜明性,从而成为我们“认识 30 年代中国农村社会”的“一部形象化的教科书”[③]。

叶紫开始创作时的中国文坛,是一个“大混战的前夜”。无产阶级革命文学,因势单力薄,而处于门庭冷落、濒临凋谢的境地。对此,包括叶紫在内的一大批文学志士充满了忧患意识,并用自己的文学实践进行了艰苦的探索。

怎样才能改变这令人心酸而又心烦的可悲境况?怎样才能使革命现实主义传统得以发扬光大?怎样才能使革命文学重新焕发盎然生机?叶紫的答案是:创作者要有“热烈的情绪”,“勇敢坚毅的精神”,要敢于冲破“这乌烟瘴气的阵线”,“老老实实地攀住时代的轮子”。只有这样,无产阶级革命文学才能“开拓一条光明灿烂的出路”[④]。作为社会生活形象反映的文学创作,要想真正“攀住时代的轮子”,作家就必须“在时代的核心中把握到一点伟大的题材,来作为我们创作的资料”[⑤]。因为,文学艺术面对的是庞杂的社会现实生活,文学作品

---

① 《马克思恩格斯列宁斯大林论文艺》,作家出版社 2010 年版,第 108 页。

② 增天涉语,引自(日)松井博光著,高鹏译《黎明的文学——中国现实主义作家 · 茅盾》,浙江人民出版社 1982 年版,第 170 页。

③ 臧连明:《论叶紫小说对农民问题的探索》,《安庆师范学院学报》,1984 年第 4 期。

④ 叶紫:《从这庞杂的文坛说到我们这刊物》,见《叶紫文集》(下卷)(胡从经编),湖南人民出版社 1983 年版,第 510、512 页。

⑤ 叶紫:《从这庞杂的文坛说到我们这刊物》,见《叶紫文集》(下卷)(胡从经编),湖南人民出版社 1983 年版,第 512 页。

的题材也因此而有着无限的丰富性与多样性。但是,就个别作家或具体作品而言,选择的对象只能是总的客观现实体系中局部的、一定范畴的生活现象。对题材的取舍反映了作家的审美判断,也决定了作品的基调。生活琐事、细小题材,如果得以成功的表现,固然有着不可忽视的价值,但比较而言,其蕴涵的社会思想容量和审美意义,是无法和社会现实壮阔的革命斗争题材相提并论的。鲁迅曾有过"选材要严,开掘要深"的名言。叶紫的创作,侧重取材于当时湖南正在发生的轰轰烈烈的革命运动,挖掘社会现实中政治斗争的基本发展趋向,在对时代核心中的"伟大的题材"的成功表现中,继承和发展了"五四"以来革命现实主义文学的优良传统。他以高度的政治敏感和艺术概括,真实地描绘了20世纪30年代中国农村的历史面貌,对革命斗争的发展趋势进行了科学的评估,紧密地配合了当时我党领导的农村革命斗争。

发表于1933年的短篇小说《丰收》及其续篇《火》,是叶紫的成名作,也是代表作。作品以当时遍及全国农村的"丰灾"为题材,集中描述了云普叔等广大贫苦农民在令人无法忍受的死亡线上的苦苦挣扎与拼搏。在20世纪30年代中国农村阶级关系和土地革命的广阔背景下,深刻地揭示了农村革命运动社会的、政治的、经济的原因,探索了农民阶级争取解放的根本途径。作品十分完整而又生动逼真地勾勒了20世纪二三十年代中国农民参与革命斗争从自发到自觉的发展过程,展示了农民运动最终汇入党领导的新民主主义革命洪流的必然趋势,明确回答了农民斗争的根本出路问题,显现了革命斗争必然胜利的光辉前景。对于当时正在进行的中国新民主主义革命运动,无疑是科学的分析,对处在革命斗争中的人们,无疑是一个巨大的鼓舞。

如果说,《丰收》及其续篇《火》通过两个阶级兵铁相击、血火交迸的殊死斗争的形象描绘,使人们看到了农民革命斗争的起因、结果与前景,感受到斗争的宏伟气势与巨大威力,那么,短篇《电网外》《杨七公公过年》《山村一夜》等则从分析斗争的惰性因素入手,从革命的艰巨性的角度,为人们敲起了警钟。在上述三个短篇中,作者分别塑造了王伯伯、杨七公公、汉生爹等老一代中国农民形象。他们都程度不同地存在愚昧落后、麻木不仁的性格特点,在统治阶级的精神奴役下,他们习惯于逆来顺受,忍气吞声。这些形象与《丰收》《火》对社会现实和革命斗争形势的分析互相映衬、补充,从而丰富了叶紫描绘的农民革命斗争的历史画卷,并使其内容更充实、更全面,也更富立体感,充盈着强烈的时代气息。

由此,我们可以说,叶紫对社会现实的评价是清醒的,对革命斗争的认识是全面的,对时代特点和发展趋势的把握是准确的。而这,又不能不归功于叶紫那非同寻常的生活经验和他对生活的切身感受。在同辈作家中,叶紫的人生经历是坎坷而又独特的。他从一开始就与中国农民革命运动保持了密切的联系。他有一个充满革命气氛的家庭,爸爸、姐姐、叔叔都是当地著名的革命者,为农民革命运动献出了生命。为了寻找报仇雪恨的道路,叶紫流亡漂泊,学过道,当过兵,要过饭,做过苦力……饱尝了人生艰辛,对当时的社会现状有着独到的见解。正因此,他从开手创作之初,就把当时的重大题材——中国新民主主义革命的中心问题迅速引进自己的题材领域,写出了为新文学史增光添色的艺术佳作,我们才有幸从那些以大革命时期洞庭湖农民生活斗争为基本素材的小说散文中,在人与人、人与自然、人与社会的各种尖锐冲突里,看到了一条最基本的线索,即农村社会激烈的阶级矛盾和阶级斗争。围绕这个线索展开的,是全景式的、色彩斑斓的中国新民主主义革命斗争的历史画卷。

## "青春的生命底烈火"

从叶紫创作反映的生活内容来看,无处不见人民的困苦,战争的灾难,制度的腐败,呈现在读者面前的是一个满目疮痍的社会"肌体"。但是,我们很难从中感受到悲观的情调,更无失望的思绪。相反,字里行间充满了强烈的革命乐观主义精神,洋溢着"青春的生命底烈火"①。关键就在于,作者对当时腐败社

① 叶紫:《我为什么不多写》,见《叶紫文集》(下卷)(胡人经编),湖南人民出版社 1983 年版,第 552 页。

会制度有着深刻的了解与正确的估价。反映到作品中,一方面是对现实社会丑恶现象以及腐败实质的全力攻击,对产生这种现象的社会根源的深刻剖析和无情批判;一方面也对革命前途寄予了极大的希望,对新生革命事物作了热情歌颂。两者的有机结合,构成了叶紫创作昂扬的革命激情。

我们阅读叶紫的作品,印象最深的,是他那强烈的攻击欲望。锋芒所向,既在黑暗的社会制度,也在腐败的国民党军队。这"一切罪恶的巨魁渊薮",都是通过对"太平世界的奇闻"和当时社会"极平常的事情"的形象描绘(鲁迅语)来完成的。

在中国现代史上,20 世纪 30 年代是空前黑暗的。1931 年遍及 16 省的大水灾,将农村推到了濒临凋敝的边缘。1932 年全国性的大丰收,非但没有减缓农民破产的进程,反而加重了灾难的砝码。国民党政府当局丰收之年竟向美国借贷四十万吨小麦,冲击国内粮食市场,促成了"谷贱伤农""丰收成灾"的反常惨景。而豪绅胥吏的压榨、田赋捐税的勒索,更使农民迅速陷入赤贫的境地。整个中国大地,农业凋敝,百姓涂炭,饿殍千里,民不聊生。在叶紫的笔下,这种广泛的社会现象,经过艺术的加工提炼,浓缩成一户户农民的悲惨遭遇,展示了一幅幅令人心酸且愤懑的人生图画。

《懒捐》中,寡妇丁娘守寡 40 年,"在眼泪和心血的交流中",将孩子养大成人,"而且,还有着一副那样强壮的身躯",这可是生活得以幸福的第一资本。在丁娘看来,"她将永远地不再伤心了","她眼前便开展着一副欢愉的图画"。但严酷的现实很快就使她的幸福变成了肥皂泡,现实让她感到从天堂掉入了地狱,突发性的灾难使她悲痛欲绝。"谷价跌落了,捐税又像剃头似的,将她所收下的谷子统统刮个精光。"国民党团防局向农民预征民国四十七年(即 1958 年,距当时尚有 20 年)的田赋,害得包括丁娘在内的农民倾家荡产;农民被诱改种鸦片后,"杂粮捐""烟苗费"接踵而至,农民拔光烟苗,"懒捐"的绳索又套上了头——"拔掉了烟苗的都是懒鬼,都得抽懒捐!"这是何等荒谬的事情,又是何等荒谬的世界。因为,这荒谬的事情并不是发生在丁娘一家,也不仅仅发生在邓石桥一个村庄,而是渗透到整个中国农村社会。诚然,丁娘一家的遭遇是独特的,家境的贫寒,基础的薄弱,生活的过分艰难等等。但是,促使这个家庭破产的,主要不是因为他们独特的遭遇,而恰恰是全局性的灾难,是罪恶的社会制度,是腐败的官僚统治集团的无能与昏庸。正是在这一点上,叶紫充分显示了现实主义的深刻性。

在叶紫看来,腐败的社会制度,必然会造就腐朽的国家军队。小说《夜哨线》《电网外》及散文《行军散记》《行军掉队记》和《夜的进行曲》等,则对国民党军队的腐朽与残暴进行了淋漓尽致的揭露和鞭挞。《夜哨线》形象地描绘了国民党军队残酷地围剿一群手无寸铁的老百姓的场面,他们耀武扬威,吹起冲锋号,杀声连天。他们有的抢走耕牛,有的拖着“年轻的女人飞跑”,“巴掌声和枪托声”,“混乱地凑成了一支凄凉悲痛的音乐”。在散文《行军散记》中,作者运用强烈的对比手法,对那些“爱民如子”的匪徒们进行了愤怒的谴责和辛辣的讽刺。一伙官方人士明火执仗地闯入农民的石榴园,洗劫一空之后,竟恬不知耻地表白,“我们一向对老百姓都是秋毫无犯的”,另一伙匪徒在唱着“不准拉夫”的高调的同时,却把一个给卧床不起的老娘抓药的乡下读书人抓住,强迫他当挑夫。为母亲的生命,为了自己尽孝道,他被迫跳河逃命,不幸葬身鱼腹。《行军掉队记》等散文,作者从剖析军阀部队腐朽的根源入手,描绘了一幅幅军旅生活的丑恶图画。那些军官一个个都是衣冠禽兽,无耻之徒。他们瞒上欺下,克扣军饷,吸毒贩毒,凶狠残暴。训练主任软欺硬怕,贪生怕死。师团长骄奢淫逸、无恶不作。与此相对应,下层士兵却过着“艰辛、非人的生活”。他们有的为军阀卖命而血肉横飞、暴尸荒野;有的负伤后血流如注,奄奄待毙而被遗弃于阵地;有的因长官稍不如意即遭拳打脚踢。这样的军队,这样的军人,其战斗力是可想而知的,等待他们的命运也是显而易见的。

叶紫的可贵之处就在于,他无情地暴露黑暗,悲观却与他无缘。他描写过革命斗争的挫折与失败,却透过现象敏锐地预示着光明。在沉寂的生活底层,到处激荡着滚滚的革命洪流,给生活在国民党反动派铁蹄下苦难的中国人民带来了新的希望。

首先,叶紫在表现农民革命斗争的重大题材时,尤其重视揭示革命武装战胜反革命武装的必然趋势。这可以从两个方面得到印证。一方面,共产党所领导的革命武装斗争正在深得越来越多的民众的信任和支持。由于环境与个人思想素质及世界观的局限,人们对任何事业的认识都有一个由表及里、由浅入深的渐进过程。《电网外》中的王伯伯对红军的认识也是如此,开始,“他,王伯伯,是最恨那班人的。他听见过许多城里的老爷们说过,那班人都不是东西”,“是终究成不了气候的,同长毛一样”。当命运安排他在“那班人”中间生活一段之后,联系家庭的变故,现实的残酷,终于使他明白了:以“救星”面目出现的、给农民赈灾的白军,恰恰是罪恶之源。而“那班人”(红军),才是真正的人民军队,他们把王伯伯视为亲人,解救他于危难之中。王伯伯原已冷漠的心逐渐温暖了,也自然而然地与他们靠近了,以致绝境中想上吊自杀时,回忆起那班红军“亲热兄弟”,便立即打消了自杀的念头,重振精神,“朝着有太阳的那边走去”。在同一篇作品里,还可以看到,“红军来了”的消息,在农民中引起了极大的兴趣与喜悦。他们“老是那么喜欢的、像安排着迎神集会一般”,“田野里,遍地都是人群,互相往来地奔跑着,谈论着”。

另一方面,深得民众信任与支持的革命武装,同时也吸引了国民党反动派军队里正直的士兵。《夜哨线》中的赵得胜试图脱离腐朽军队的行动,自发性的因素多一些,但五大炮、李海三则是经过深思熟虑的,他们对红军充满了敬佩与向往,甚至渴望被红军俘虏,这就体现了国民党军队凝聚力的彻底丧失。这种白军军心瓦解与红军吸引力、凝聚力的增加,形成强烈的反差,给人以深刻的印象。

其次,作为新民主主义革命斗争主要依靠力量的农民阶级,已经不是生活中的弱者,残酷的阶级压迫是他们懂得了,只有革命,只有暴力斗争,才能彻底改变自己被奴役的境遇,走出全新的道路。《丰收》及其续篇《火》中,既有20世纪30年代中国农民所处无法忍受的绝境的形象展示,更有痛苦中的农民对1927年农民协会的怀念,农民反抗意识的萌芽和发展。尤其是作品中提到了江西革命根据地的斗争,更使人明显地感到,正是在党的领导下的革命斗争影响下,立秋等人发起的抗租抗税斗争才真正拉开了序幕。斗争中,农民们“想到自己的生活,每个人眼睛里都冒出火来,都恨不得将这个世界打他一个翻转”,表现了极大的热情和坚定的信心。即使像云普叔、王伯伯那样的老一代农民,也在革命运动的熏陶下,逐步摒弃了循规蹈矩、委曲求全的性格特征,自身反抗的基因从无到有,越积越浓,在与环境的碰撞中,燃烧起反抗的火焰,并迅速汇入了熊熊的革命烈火之中。

可以说,在叶紫的笔下,农民简直没有一个是真正软弱的。他们的生活痛苦,结局悲惨,但他们都表现了农民特有的坚韧性格。为了起码的生存权利,付出了自己全部的智慧和精力,革命意识的增强更使他们的存在表现为厚重强大的存在,对中国新民主主义革命的影响力是显而易见的。这点历史真实,也许并不是现代所有中国作家都能领会,也许他们中间有些人只能以小资产阶级的感伤备至的心情来看待人民困苦的生活环境,消极地表现农民性格。作为一个有敏锐洞察力的革命现实主义作家,叶紫却把这点真实客观且又积极地反映出来了。

## “大众的技术”

在以往的叶紫研究文章中,人们常常在肯定作品积极思想意义之后,总对其艺术性给以“粗糙”之类的非议,认为他的作品“很少修饰”,很少文采。我觉得,这些议论的主要依据并非来自作品本身,而是叶紫关于创作的一些话。在《我怎样与文学发生关系》这篇著名的创作谈中,叶紫确实说过:“我深深知道”,我的作品,“是不能算作艺术品的,因为,我既毫无文学的修养,又不知道运用艺术的手法。”他还说:“我所发表的几个短篇小说和一些散文,便都是这样,没有技巧,没有修辞,没有合拍的艺术手法,只不过是一些客观的,现实社会中不平的事实的堆积而已。”[①]这些话,反映了叶紫对自己作品艺术性的评价,在研

① 叶紫:《我怎样与文学发生关系》,见《叶紫文集》(下卷)(胡从经编),湖南人民出版社 1983 年版,第 508 页。

究时应该作为参考。但是，我们也应该看到，一个年轻的作家，尤其是刚刚取得成绩并有志努力奋进、不断进取的时候，谈及自己的作品，持谦虚态度是完全正常的。更何况，我们研究作品，不能仅仅依据作家的表述，而只有深入到作品中，通过客观的分析，才能得出接近实际的结论。

叶紫的作品，充盈着激越的青春生命的烈火，洋溢着昂扬的革命的激情。那些残酷的屠杀，疯狂的掠夺，那些决死的斗争，英勇的反抗，无一不震撼人民的心灵。从作者饱蘸激情的描绘中，我们听到了时代脉搏的剧烈的律动，听到了作者发自内心的深沉的呐喊，更体会到了现实生活内容的博大精深。其间恰恰很难感受到作者玩弄什么艺术技巧，甚至无法感受到作者在讲究什么形式。叶紫曾经说过，优秀的文艺作品，大多有"大众的内容，大众的情绪，一直到大众的技术"[①]。这也正是叶紫自己潜心追求，并取得显著成就的。在"为大众而奋斗"的文学阵营中，叶紫显露出了文学骁将的英勇善战。而对于"大众的技术"的追求，对于优秀文学遗产"刻苦地、辛勤地学习"，更使他的作品"一天一天地接近艺术"[②]，并在表现手法上越来越显示鲜明的艺术风格，给人印象最深的是那悲壮热烈背后的明朗刚健，激扬情调背后的朴实无华。

鲁迅先生曾经高度评价《红楼梦》，把它的现实主义成就概括为："其要点在敢于如实描写，并无讳饰。"[③]文学是通过感性的形象来反映生活，文学的"如实描写"，不是经过抽象的所谓本质真实，而是反映具有丰富的感性内容的真实。因而，现实主义作家总是强调忠实于生活的本来面目，从自己亲身体验，亲自接触的直接生活出发，通过描写丰富的感性真实，达到更高境界的艺术真实，这也正是叶紫创作的突出艺术特色之一。

叶紫笔下，大多是他"所见到"的生活，重大事件也大多是他亲身经历过的；具有鲜明个性的典型形象又大多是以他的亲友为模特，他和他们有过密切的交

---

① 叶紫：《从这庞杂的文坛说到我们这刊物》，见《叶紫文集》（下卷）（胡从经编），湖南人民出版社1983年版，第511页。

② 叶紫：《我为什么不多写》，见《叶紫文集》（下卷）（胡从经编）湖南人民出版社1983年版，第552页。

③ 鲁迅：《清小说之四派及其末流》见《王国维蔡元培鲁迅点评红楼梦》，团结出版社2004年版，第140页。

往,有着深厚的感情。云普叔是以他的亲表叔曹云普为原型的;立秋是以他的亲表弟为原型的,云普叔的悲惨遭遇和立秋牺牲都实有其事。汉生父子的悲剧则是叶紫堂伯余庭春父子悲剧的再现。而梅春姐的曲折经历更是常常打上叶紫大姐、二姐和婶婶李氏的生活印记。那亲身经历的浴血革命斗争;那亲目所睹的生活场景;那时时萦回脑际的亲人的音容笑貌,给叶紫以丰富的创作素材,也给他提供了广阔的用武之地。在“亲历了不知多少斗争的场面”之后,通过“善与恶,真与伪,光明与黑暗,公理与强权的殊死的搏斗”①,触动了叶紫创作的契机,点燃了形象思维的火炬,于是跃动在思维领域中的形象便转化为露布于纸面的具体的实体艺术形象。

当然,叶紫又深深懂得,艺术中的真实是经过选择、加工的真实。不是生活中所有的事物都可以成为文学表现的对象。现实主义的写真实是永远和自然主义判然有别的。所以,叶紫在表现生活、塑造形象时,尤其注意突破曾是自己亲历或体验过的生活题材的局限性,选择更能反映生活本质的事件,哪怕仅仅是“一端”,加以提炼、集中、概括,经过改造、加工、生发、开掘,形成比现实生活更加完整的艺术形态的真实情景和艺术画面。在小说《山村一夜》中,作者在一片阴沉肃杀的环境气氛中,着意选择了一片白色恐怖笼罩下的山村中发生的一幕惨不忍睹的人间悲剧。爱子如命的老农汉生爹,被狡猾的敌人阴险毒辣的圈套套上后,却心甘情愿地把自己的亲生儿子送给白匪军杀害了。这一事件当然不是汉生爹生活内容的全部,而仅仅是其“一端”。正是这“一端”,集中凸现了汉生爹愚昧无知至极的性格特征,从而展示了作者鲜明的爱憎,具有振聋发聩的思想意义。《向导》中的刘嬸妈,一生的生活场景应该是多不胜举的,作者却仅仅选择了她临终牺牲前与敌人的一场拼命的斗争。她的三个儿子被国民党杀害后,她自己也被打得“腿上鲜血直流,整块整块地沾在裤子边上,像紫黑色的膏糊,将创口牢牢地吸住了”。生命处在垂危之中,她却沉着地运用了自己的智慧,把敌人引进了红军的包围圈,使敌人一个团的兵力全军覆没。一个十分

① 满红:《悼〈丰收〉的作者——叶紫》,《长风》月刊第1卷第2期,1940年2月,转引自《叶紫研究资料》,叶雪芬编《中国现代文学史资料汇编(乙种)》,湖南人民出版社1985年版,第222页。

典型的事件,一个简略的场景,就把一个具有义无反顾、视死如归的革命战斗精神的英雄母亲形象立了起来,充分显示了作者深厚的艺术功力。

叶紫创作的艺术上的第二个特点是:善于把人物置于尖锐对立的困境中,用人物自身的行动,合情合理且又真实生动地揭示农民阶级曲折的觉醒过程。

叶紫是以善于描写农民命运而称著于上世纪30年代文坛的,尤其善于通过对人物及其命运的描写,揭示现实矛盾,提出社会问题,反映时代本质。同时,他笔下人物的思想发展过程也是与时代的发展紧密相连的。特别是梅春姐、云普叔、王伯伯等人,他们命运的转机、成长伴随着时代的变迁、历史的转折。他们心理、性格的变化,更是随着农村革命斗争发展而不断发生由量到质的飞跃,越来越显现出崭新的性格因素。当然,他们真正从愚昧走向觉醒,从自发到自觉地参与革命斗争,也和新民主主义革命一样,经历了一个艰难曲折的发展过程。

在历史的长河中,农民总是生活在分散的、小农经济的状态中,千百年形成的生活习惯、心理素质,使他们好像与外界完全隔绝了。正如恩格斯所说:“作为政治力量的因素,农民至今在多数场合下只是表现出他们那种根源于农村生活隔绝状况的冷漠态度。”①从这样一种几乎完全闭塞的性格、心理状况下走向觉醒,每一步的艰难、每一步必须付出的代价是可想而知的。梅春姐的思想发展就是从完全闭塞的状况下起步的。在接连不断的人与社会、人与自然的尖锐冲突中,在一次又一次接踵而至的打击下,她挣扎着、苦恼着、摸索着走向了觉醒。正因为如此,她的每一步前进的脚印又是扎扎实实的,是不断抛弃旧我,发展新我的过程,而人物性格的丰富性和复杂性也从这种过程中揭示得尤为生动、鲜明。

叶紫创作在艺术上的第三个特点是:善于通过对比描写凸显人物的个性特征。

对比,是塑造性格鲜明的典型形象的一种有效的艺术表现手法。叶紫非常善于巧妙地浑然地把尖锐对立的事物合乎逻辑地联系在一起,形成一个艺术描

① 《马克思恩格斯选集》第4卷,中共中央翻译局译,人民出版社1995年版,第295页。

写的焦点,并利用焦点的“淬火”“锤炼”,最大限度地突出矛盾双方最本质、最鲜明的特点,从而构成强烈的对比和烛然的映衬。散文《长江轮上》,同样面对受尽折磨与凌辱的孕妇,一边是“我”与母亲的见义勇为,表示了极大的同情与怜悯,一边却是冷漠的旁观,无动于衷。“大肚子女人弯着腰,战栗地缩成一团,从散披着的头发间晶晶地溢出血液。”母亲对行凶者发出了愤怒的抗议,给孕妇以无私的援助。而“旁观者的搭客,大抵都像看着把戏似的,觉得颇为开心,只有很少数表示了‘爱莫能助’似的同情,在摇头,吁气!”两种截然对立的态度与行动,蕴含的是两相背离的性格基因。其中渗透了作者对于国民劣根性的揭露与批判,发出唤醒“沉睡的国民”的深沉的呐喊。

这种在同一事物上把各种人物不同态度进行比照的手法,在中篇小说《星》中,作者运用得更加娴熟。农民运动兴起后,劳动妇女剪头发的描写,通过几个人物对剪头发的不同态度与表现,反映了多层次人物的思想状况和身份,突出表现了梅春姐当时的处境与不甘屈服的性格。

还值得一提的是,叶紫也善于通过不同人物肖像特征的描写,“把各个人物用更加对立的方式区别得更加鲜明些”①。《杨七公公过年》中杨七公公及其儿子福生,两代人的性格、心理都可以从其肖像上得到感性的印象。杨七公公那“失掉了光芒的,陷进了的眼珠子”,说明他长期在苦难中挣扎的不寻常的经历,眼下的困苦,儿子参加抗租失败,使他失去了继续生活下去的勇气。而福生那“庄重的脸膛上”,“有着极敏锐的光辉”的眼睛,正与其父杨七公公形成鲜明对比,表明他具有敢怒敢做,勇于进行不屈不挠的斗争的倔强性格。这种强烈的对比,不仅使人物形象更鲜明,人物性格更突出,也使作品的主题更深刻,使艺术的感染力更增强。

我们列举了叶紫创作上的几个艺术特色,并不是说,他已十全十美。目的在于引起研究者注意,不能再继续重思想轻艺术的叶紫研究历史了。要知道,一个刚刚步入文坛几年就达到如此艺术境界的年轻作家,已是十分难能可贵,值得我们研究的课题很多。当然,他的作品如能在结构上更严谨一些,语言再

① 《马克思恩格斯选集》第 4 卷,中共中央翻译局译,人民出版社 1995 年版,第 343 页。

精练一些,叶紫的成就将会更大,他在中国现代文学史上的地位将会更高。

鲁迅先生在《叶紫作〈丰收〉序》中,曾经指出,叶紫用他自己的文学实践,“已经尽了当前的任务,也是对于压迫者的答复,文学是战斗的!”在中国文坛上,能够获得鲁迅先生赞誉的作家并不多。而年轻的叶紫却受到如此殊荣。这说明,叶紫作品思想艺术的成就已被世人所公认。可惜的是,病贫夺取了年轻的文学天才的宝贵生命。在新的历史时期,认真研究叶紫的文学遗产,不仅是对叶紫逝世50周年的最好纪念,对于重振无产阶级革命文学的雄风,无疑也是很有意义的。

(原载《安庆师院学报》1991年第1期,北京中国人民大学复印报刊资料《中国现代、当代文学研究》1991年第6期转载,收入《滁州文学六十年》)

# 论叶紫小说对农民问题的探索

在中国新民主主义革命时期，农民问题作为一个十分突出的社会问题，始终被进步的作家所关注。早在20世纪20年代，鲁迅以其对中国社会发展规律的深刻理解为基础，第一个在作品中提出并深刻反映了农民的问题，为人们描绘了一幅辛亥革命前夕到五四运动以后中国农村面貌的历史画卷。到了30年代，又出现茅盾、叶圣陶、洪深等一批作家。他们在作品中形象地反映了农村经济的破产，农民的痛苦无望，深刻地揭露了帝国主义的疯狂掠夺和地主阶级对农民的残酷剥削，并在一定程度上反映了农民的反抗斗争。但由于客观上这些作家远离农村革命斗争的漩涡，都没能塑造出在中国共产党的教育下自觉斗争的新型农民形象，没能把农民自发的反抗和当时党领导下的农村革命斗争联系起来。因而这些作品都没能深入到当时中国文学作品应该达到的生活领域。第一个自觉地在小说中弥补了前辈作家这方面不足的是叶紫。

叶紫从事文学创作的时间并不长。从1933年处女作《丰收》问世，到1939年病逝，仅仅六七年时间，叶紫写出了两部短篇小说集(《丰收》、《山村一夜》)，一部中篇小说(《星》)，以及一些散文作品。已经开了头的中篇小说《菱》，写了数万字的长篇小说《太阳从西边出来》，均因作者早逝而永远中断，成为憾事。这在中国现代文学史上是一个无法弥补的损失。

就仅存的叶紫小说来看，农民问题始终是作家注视的中心，描写农民的小说在他的全部创作中占有十分突出的地位。这些小说，继承了五四以来现实主义文学的优良传统，真实地描绘了20世纪30年代中国农村的历史面貌，紧密地结合了当时党领导的农村革命斗争。作者通过一系列栩栩如生的农民形象的塑造，对中国新民主主义革命的重大社会问题——农民问题做了多方面的探索并取得了突出的成就。

## 二

在谈到自己为什么创作时，叶紫曾经说过："我只是老老实实地想把我的浑身的创痛，和所见到的人类的不平，逐一地描画出来；想把我内心中的郁积统统发泄得干干净净……""一直到人类永远没有了不平！"[①]这说明，叶紫执笔写作，主要目的是鞭挞不平的黑暗社会。因此在创作时，他能够坚定地站在无产阶级的立场上，直面惨淡的人生，正视淋漓的鲜血，深刻剖析现实社会，无情地揭露剥削阶级和腐朽制度的罪恶，并将斗争锋芒直接指向帝国主义、封建主义、官僚资本主义及其代表蒋介石国民党反动统治集团。

叶紫反映农民问题的小说，大多是表现大革命前后洞庭湖畔农民的生活和斗争的。这些小说，虽然反映的生活层面不尽相同，塑造的人物形象也性格各异，但有一个基本的东西是相同的，即各篇都从不同侧面表现了农村复杂的阶级矛盾和尖锐的阶级斗争。围绕这个中心，作家在广阔的背景下，不仅形象地展示了大革命前后中国农村的惨状，农民痛苦凄惨的生活，而且深刻地挖掘出了造成这种现象的社会根源和历史根源。

"丰收成灾"的社会现象，曾是20世纪30年代普通的创作题材，取得较高成就的小说有《春蚕》《多收了三五斗》等，尤其是茅盾的《春蚕》成功地塑造的了老通宝、多多头两类不同性格的农民形象。作品在对老通宝道路的形象描绘及否定中，让人们自然而然地感到，"丰收成灾"，是由于当时经济的衰败，帝国

① 叶紫：《我怎样与文学发生关系》，见《叶紫文集》（下卷）（胡从经编），湖南人民出版社1983年版，第508、509页。

主义操纵了中国的经济命脉,大量的“洋货”充斥中国市场。在作家形象的描绘中,人们时时可以感受到,旧的社会制度犹如巨大的魔爪,处处控制着老通宝一家,控制着整个农村。作品虽然没有写某种社会恶势力和老通宝的直接交锋,没有写恶势力对他的直接掠夺,但作品写到了蚕农们“请债主们就收了茧子罢,债主们板起面孔不理”,提到了几家蚕厂关门,提到了象征外国资本主义侵入中国的小火轮在官河上的横冲直撞。这使读者对“丰收成灾”的社会根源有了一定的感性印象,虽然这个印象不是十分强烈。叶紫小说在揭示“丰收成灾”的根源时,也和茅盾一样,主要是通过主人公悲剧命运的描绘来展示的。但叶紫又不像《春蚕》那样避开军阀、地主、官僚等社会势力与农民利益的正面冲突,而是常常把笔墨集中在这种正面交锋的场面上,描绘了一幅幅在旧制度凌辱下农民生活的凄惨图景,让读者亲眼看到了“丰收成灾”的根源不是天灾,而是“人祸”。因此,读者可以得到更多更强烈的感性印象。

《丰收》中的云普叔,勤劳,善良。他一生唯一的愿望就是靠自己勤劳的双手种好庄稼,以养活一家老小。为此,他拼命干活,整年滚在泥里水里。有了病也不愿让家人知道,他要给全家做个吃苦耐劳的榜样。他盼望“老天开开眼,给他一条活路”。但连年的兵祸天灾,使他们很快成了一个赤贫者。由于常处艰难,饱经沧桑事故,云普叔也有着老一代农民坚韧的性格特征。他在失去房屋,饿死亲人,饥饿相逼的重重灾难中,仍在竭力挣扎,试图找一条活路。而地主何八爷却趁农民急需谷种的关键时刻囤积居奇,并勾结官府,加价加息放粮,迫使农民借高利贷。云普叔走投无路,不得不卖掉仅有的一所房子和十岁的女儿。全家人在“泥里水里”辛苦了一年,终于盼到了一个丰收的年景。结果,粮食还没有进仓,地主、官僚、军警蜂拥而上。何八爷软硬兼施地逼债;保甲“带一位委员老爷和两个配盒子炮的大兵”上门收“剿共、救国、团防”的捐款;堤局陈局长催逼堤防费……云普叔一家全年的心血顿时荡然无存,反而欠了三担三斗五升谷的捐款。丰收了,一家人连一顿饱饭也没有吃上。难怪云普叔口吐鲜血,昏倒在地,随后又大病一场。

如果说,云普叔破产的根源在于地主、官僚的掠夺,那么,王伯伯(《电网外》)的破产则主要是由兵灾造成的。本来,王伯伯有儿有孙,有“费了几十年精力”做起来的小小的瓦房,有了家具,有了牲畜,田里还有一家老小辛苦劳动换来的“急待收获的黄黄的谷子”,眼看又是一个丰收年。按理说,王伯伯应该过上富裕的生活了。但是,兵灾使他的瓦房变成了一堆瓦砾,已经成熟的谷子因打仗无法收割而长出了黄绿色的嫩芽。王伯伯曾抱有幻想的那些白匪军,不仅抢走了他的老母鸡,抢走了他多年血汗积蓄下来的三十块钱,为了摄制几幅作欺骗宣传的照片,竟然杀害了他的媳妇、孙子。王伯伯苦苦支撑了大半辈子的家就这样令人痛心地破产了。

这一幕幕惨剧,组成了一幅幅血迹斑斑的农民生活的图画。它们深深地表明了,当时中国的社会制度“已经变得如此不现实,即如此丧失了任何必然性,如此不合理,以致必须由大革命……来把它消灭掉。”[①]就这一点来说,叶紫小说客观上起到了揭示出民主革命的必然性以及迫切性的效果。

## 二

在一篇题为《春来闲谈》的杂文里,鲁迅曾以细腰蜂和小青虫作了一个形象的比喻,细腰蜂为了把小青虫作为美味食品储藏起来,就在小青虫身上施放毒汁,麻痹其神经器官,使其处于不死不活的状态,以供随时食用。在半殖民地半封建的旧中国里,帝国主义、封建统治阶级为维护其反动统治,既对人民进行残酷的经济剥削与政治压迫,同时也和细腰蜂对付小青虫一样,千方百计地用封建道德和奴化思想的毒汁来麻痹人民的头脑。农民阶级队伍里也有相当一部分人因此而成了“不死不活”的“小青虫”。

叶紫的不少小说都深刻地揭示了这种可悲的社会现象,形象地描绘了一部分农民的愚昧落后,麻木不仁。他们生活在豺狼横行的世界里,却对那个世界抱有幻想。《丰收》中的云普叔、《电网外》中的王伯伯、《杨七公公过年》中的杨

---

① 《马克思恩格斯选集》第4卷,中共中央翻译局译,人民出版社1995年版,第221页。

七公公、《山村一夜》中的汉生爹都是如此。尤其是汉生爹，是一个在统治阶级精神奴役下被扭曲了灵魂的老一代农民形象。他给地主做了一辈子长工，“从来没有和主人吵过嘴”。最后，被地主像狗似地赶出来大门，他不但没有反抗的勇气，反而寄希望于“吃人的人”。当得知儿子汉生参加了革命活动后，他整日担惊受怕。为了给儿子找到“一条活路”，他主动去向官家“首告”，希望统治阶级能够大发慈悲，表现了可悲的奴性和可怕的愚昧。结果，白白送掉了儿子的性命。和汉生爹一样，杨七公公也是一个愚昧麻木的老一辈农民形象。他的人生观就是对命运和老天爷无条件地信仰。他认为：“一个人只要守本分，无论跑到什么地方都是有办法的。这是天！天哪！”因此他坚决反对儿子“不守本分”地参加抗租斗争和罢工运动。他希望在富人的怜悯中苟活，在重重打击和苦难中愿意忍气吞声，逆来顺受。他试图逃避现实，离开农村，去寻得一条新的生路。但严酷的现实粉碎了他的幻想，家破人亡的打击使杨七公公悲愤交加，含着满腔怨恨和遗憾过早地离开了人世。

早在 1894 年，恩格斯就曾指出：“作为政治力量的因素，农民至今在多数场合下只是表现出他们那种根源于农村生活隔绝状况的冷漠态度。广大居民的这种冷漠态度，不仅是巴黎和罗马议会贪污腐化的强有力的支柱，而且是俄国专制制度的强有力的支柱。”①这种情况，在农民占人口大多数的半殖民地半封建的旧中国，表现得更为突出。汉生爹、杨七公公因愚昧麻木而表现出的对革命的冷漠态度，在当时中国农民中有着一定的普遍性。这种自身的弱点，不仅使农民在生活中不可避免地扮演了悲剧角色，而且影响了整个阶级争取解放的斗争。不克服这弱点，不砸碎沉重的精神枷锁，不打破农村的沉睡状态，就无法推翻帝国主义和封建主义的统治。中国人民就会“永远做侍奉主子的材料，苦下去、苦下去”②。叶紫正是怀着哀其不幸、怒其不争的心情，用饱蘸感情的笔墨塑造了这样一批农民形象，把他们暂时还处在愚昧麻木状态的情况形象地展示出来，以引起注意，让人们知道，还有很多必不可少的工作要做，尤其是教育农

---

① 《马克思恩格斯选集》第 4 卷，中共中央翻译局译，人民出版社 1995 年版，第 295 页。

② 鲁迅：《集外集续编 · 老调子已经唱完》，见《鲁迅杂文全编》（六），人民文学出版社 2006 年版，第 89 页。

民的问题。这在客观上也起到揭示农村革命的艰巨性的效果。

当然,作为一个优秀的无产阶级革命作家,叶紫不仅把眼光集中在农民的悲惨遭遇、痛苦挣扎上,描写农民的愚昧、麻木,但不是冷嘲,更不是打击,而是出于对农民的同情与对革命运动的思考。他也看到了农民中的大部分人正逐渐从愚昧中走出来。在作品中,他不仅写了农民的由愚昧而觉醒,而且写了农民的由觉醒而反抗。早期的云普叔和王伯伯有着共同的性格特征,既有勤劳、善良的一面,也有固执、保守、落后、对革命不理解的一面。他们认为,农村革命和“长毛一样,成不了气候”。云普叔反对儿子立秋与革命者接近,王伯伯也反对儿子参加红军。当因“人祸”而造成的丰收成灾的现实摆在面前时,云普叔潜在的反抗意识又重新萌动了。他开始意识到“蠢就只蠢我一个人”,“十五六年前农民会的影子,突然浮上了他的脑海”。他开始支持儿子的行动,自己也积极参加了抗租抗税斗争,最后投奔了红军,走上了革命的道路。同样,王伯伯也是在白匪军烧了他的房子、杀死了他的儿媳和孙子之后,血淋淋的现实使他觉醒的。觉醒后的王伯伯和云普叔都“迈开大步,朝着有太阳的那边走去”,从此走上了一条充满希望的光明的道路。

从叶紫精心塑造出来的这一系列老一代农民形象中,人们很容易发现,农民阶级不论像杨公公那样,企图通过脱离农村,回避斗争的方式来摆脱贫穷和屈辱,还是像汉生爹那样对统治者抱有幻想,结局只能是凄惨的。在当时的社会里,农民要想求得自身的解放,出路只有一条,就是投身于摧毁旧世界的革命斗争。

## 三

20 世纪 30 年代的中国农村是空前黑暗的。这黑暗的社会使中国农民队伍出现了十分复杂的现象。他们有的仍处于愚昧之中,有的正在从愚昧中走出来,并初步开始了对社会的反抗。随着时间的推移,后一种情况越来越多,反抗的情绪越来越浓烈。所以,伟大的现实主义作家茅盾曾在一篇文章里谈到了自己对20世纪30年代中国农民的看法:“事实早已证明,为了自己的利益,他们是能够斗争,而且斗争得颇为顽强的。”[①]基于对农民的这样理解,茅盾在他的农村三部曲中,不仅揭示了在帝国主义侵略和封建势力压迫剥削下,中国农村的加速破产,而且形象地揭示了农民反抗情绪的日益强烈。年轻的农民多多头,在《春蚕》里已经萌动的反抗意识,到《秋收》《残冬》里发展成了自发的反抗行动。在斗争中,他逐渐意识到当时社会的腐败,得出来“规规矩矩做人就活不了命”“世界要反乱了”等结论。然而,由于白色恐怖的隔绝,尽管当时中国共产党领导的红色政权是存在的,并且在发展壮大着,饥寒交迫的江南农民却得不到中国共产党的领导,而只能受些间接的影响。加上作者生活经历所限,茅盾无法写出农民的自觉斗争,更无法写出党领导下的农民革命运动。因而多多头等人的斗争并没有从本质上触及到当时的社会制度。叶紫的小说则不同。由于独特的家庭环境和生活经历,由于当时的湖南省是全国农民运动的中心,叶紫从死水里发现了激荡的潜流,于黑暗中看到了反抗的火焰。在作品中,他们不仅在正面描绘了党领导的革命斗争以及农村革命结合起来,直接歌颂了工农红军,热情歌颂了农民运动,并从本质上揭示了农民运动发展的必然趋势。在20世纪30年代的小说领域,这是一次开拓性的艺术创造。

《电网外》从侧面描绘了红军1930年攻打长沙的著名战斗。作品着重描绘了主人公王伯伯在房屋被烧,媳妇和孙子被白匪军杀害后,在红军医院治病以及官府放赈个场面中的不同见闻和不同感受,并随着主人公的爱与憎,既无情地鞭挞了国民党领导的白匪,又热情地歌颂了共产党领导的工农红军,尤其是“红军来了”的消息,在农民中引起了极大的兴奋和喜悦。他们“老是那么喜欢的,像安排着迎神集会一般”,“田野里,遍地都是人群,互相往来地奔跑着,谈论着”。

《山村一夜》用交织着血和泪的回忆渲染出一种阴沉肃杀的环境气氛,动人心魄地叙述了一个惨不忍睹、令人灵魂震颤的故事。狡猾的敌人采取极其阴险毒辣的手段,收买了投机革命的叛徒,诱骗了老农民汉生爹将他的儿子——一

① 茅看:《我怎样写〈春蚕〉》,《文萃》,1945年第1卷第8期。

个刚刚寻到了新路的革命青年亲自送给白匪军杀害。小说的重点无疑是在批判老一代农民的愚昧麻木，揭露国民党反动派的残酷无情，激起人们对那个制度的深恶痛绝。在故事的背后，我们却不难感受到大革命失败后，虽然一片白色恐怖，在中国共产党的领导下，新一代农民并没有被反动派的汹汹气势所吓倒，他们仍在前仆后继、不屈不挠地坚持着各种形式的反抗斗争。《丰收》及其续篇《火》则正面描绘了农民的自觉斗争。《丰收》不是孤立地向人们述说云普叔的不幸故事，而是把云普叔等农民所处的无法忍受的绝境，更重要的是看到了痛苦中的农民对1927年农民协会的怀念，看到了农民反抗意识的萌芽与发展，尤其是作品中提到了江西革命根据地的斗争，更使人明显地感到，是在党领导的农民革命的影响下，立秋等人参加的抗租抗税斗争才真正拉开序幕的。到《火》里，这种斗争得到了全面展开。斗争中，农民们"想到自己的生活，每一个人眼睛里都冒出火来，都恨不得将这个世界打它一个翻转"，表现了极大的热情和坚定的信心。但由于地主何八爷和国民党反动团防勾结起来，进行了血腥的镇压，农民不得不在地下党的领导下进行秘密串联。当运动骨干分子立秋被抓走以后，长期压抑在农民心里的反抗火种即刻被点燃了。愤怒的暴动队伍像"爆发了的火山一样"，一举捣毁了何八爷的庄园，并镇压了何八爷这个恶贯满盈的地主。斗争取得了初步胜利之后，他们迅速转移上山，与红军会合。从而形象地展示了农民由开始反抗，发展到有组织的暴动，最后汇入革命洪流的历史进程。

列宁在评论俄国伟大的作家列夫·托尔斯泰的时候，曾经说过："如果我们看到的是一位真正伟大的艺术家，那末他就一定会在自己的作品中至少反映出革命的某些本质的方面。"①叶紫是否够得上一个"真正伟大的艺术家"，这不是本文讨论的范围。但他能够透过迷蒙的表象勇敢地走向生活隐秘的深处，把表面看来仍处在愚昧之中的农民阶级潜在的反抗意识形象的表现出来，并通过栩栩如生的形象塑造，从本质上揭示农民运动发展的必然趋势，这充分显示了他

① 《列宁论文学与艺术》，中国社会科学院文学研究所文艺理论研究室编，人民文学出版社1983年版，第201页。

作为无产阶级革命作家对于新民主主义革命中的重大社会问题——农民问题认识、理解的深刻性。

## 四

妇女，占社会人口的一半。妇女问题是阶级社会里普遍存在的一个社会问题，也是社会改造的主要内容之一。作为一个重大的社会问题，妇女的生活、思想以及她们在社会中的地位曾引起不少作家的极大兴趣。中国现代文学史上，鲁迅的《呐喊》与《彷徨》就通过一系列被压迫妇女形象的塑造，生动地体现了他对妇女问题的关心，对旧中国妇女悲惨命运的同情。他为妇女们申诉，为妇女们抗争，并积极地探求妇女解放的道路。这些小说，为人们提供了新旧民主主义交替时期妇女生活的一面镜子。经鲁迅精心培育起来的作家叶紫，在进行小说创作时，自觉地继承了鲁迅的优良传统，把革命的艺术家眼光对准整个农民阶级的同时，也注意对农村妇女问题的观察、分析、思考。他不仅写出了旧中国劳动妇女比男子有着更多的苦难，而且写出了在党领导的农村革命浪潮的冲击下，中国劳动妇女在痛苦中的觉醒和反抗。

叶紫以妇女生活为题材的作品主要有两篇：一是短篇《向导》，一是中篇《星》。在这两篇小说中，作者塑造了黄瓜妈、柳大娘等各种类型的劳动妇女形象，但重点塑造并取得成功的当推梅春姐（《星》）、刘嬸妈（《向导》）这两个新型妇女形象。在她们身上，人们可以看到中国新民主主义革命时期妇女运动发展的趋向，感受到时代脉搏的跳动。

作为一个旧中国普通的劳动妇女，梅春姐早期的活动范围主要囿于家庭这个小天地。因而造成了她以忍耐为主导兼有愚昧、麻木的性格特征。丈夫无情的毒打、凌辱，使她身心受到了极大地摧残。但她想“用自己的眼泪和遍体的伤痕来博得全村老迈人物的赞扬”。听到老人们赞扬她是一个贤德妇人时，她曾感到过抚慰和骄傲。但是，自身的忍受，他人的赞扬，并没有排除她灵魂的空虚和落寞，更没有改变她悲哀的处境。她仍然挣扎在封建势力的罗网之中，没有爱情、没有希望，孤独而悲伤。是中国共产党领导的轰轰烈烈的农村革命运动，使梅春姐的生活和性格发生了崭新的变化，并把她带进了滚滚的革命洪流。在革命浪潮的影响下，梅春姐似乎“完全变成另外一个人”。在个人生活上，她勇敢地向封建道德观念和夫权挑战，毅然脱离了二流子丈夫，与革命者黄相结合。在工作上，为了劳动妇女的解放，“她整天都在村子里奔波着。她学着、说着一些时髦的、开通的话语，她学着、讲着一些新奇的、好听的故事”。“她常常地想，这才是真正的生活呢”。正是这种生活，使梅春姐由一个普通的劳动妇女成长为一个农村妇女运动的骨干，也使他对党领导的农民革命运动有了比较清醒的认识和理解。因此，大革命失败后，她并没有消沉，没有绝望，而是坚信“明天就有太阳”，并勇敢、坚定地“向东方走去”。

梅春姐的生活道路及其性格发展，使我们想起了杜勃罗留波夫的一段话：“艺术家的功绩也就在这里，他发现，瞎子并不完全是盲目的；他在愚笨的人身上发现一种最明白的健全思想底闪光、他在逆来顺受、失魂落魄，缺乏性格的人身上，发现人的本性中一种蓬勃的、永远不会被窒息的愿望和追求，把它们指给我们看，剖剜出隐藏在灵魂深处的个人对外部强制压力的反抗，让它引起我们裁判和同情。”①梅春姐对于命运的反抗，正是她“隐藏在心灵深处的个人对外部强制压力的反抗”的直接体现。《星》的深刻之处就在于，不仅通过形象的描绘，深刻地挖掘出了梅春姐性格中这种潜在的反抗意识，而且让人们看到了，这种反抗意识的萌发主要是由于革命的影响，是革命给梅春姐带来了新的思想、新的行动、新的生活。这就形象地告诉人们，妇女解放的唯一出路在于参加革命运动，而不在家庭的小圈子里。梅春姐的觉醒，实际上是新一代中国劳动妇女迅速觉醒的缩影。她的最后走向革命，是当时中国千百万生活在社会底层的劳动妇女的必由之路。

如果说，《星》所塑造的梅春姐是一个在我党领导的革命运动的影响和推动下逐渐觉醒的劳动妇女的形象的话，那么，《向导》中的刘嬸妈一出场就已经是

① 《杜勃罗留波夫选集》第 2 卷，上海译文出版社 1983 年新 1 版，第 478 页。

一个在党的教育下坚持自觉革命的劳动妇女形象了,刘嫡妈的三个儿子都在敌人的“围剿”中被反动派杀害了。她流着热泪接过儿子未竟的事业。她打伤了自己的腿,机智地骗过了狡猾的敌人,将他们引进了红军的包围圈,使匪军遭到了毁灭性的打击。在敌人的酷刑下,她坚贞不屈,拼尽全力控诉敌人的累累罪行。可见,刘嫡妈的行动,已经不单是母亲为儿子复仇,而是为阶级复仇,为消灭反动派而斗争。在她身上,阶级爱超过了母爱。这是一个为革命义无反顾、不怕牺牲的革命战士形象,她用自己的生命谱写了一曲革命事业的英勇壮烈的战歌。当然,作为一个艺术典型,刘嫡妈形象也许还不那么丰满,但她作为一个自觉参加革命斗争的劳动妇女形象第一次出现在中国现代文学艺术画廊里,却是叶紫对我国无产阶级革命文学的一个突出的贡献。

至此,我们不难看出,作为探索农民问题的一个重要组成部分,叶紫对于劳动妇女问题的探索,主要是把对被压迫妇女的悲惨处境的深切关怀和对她们解放道路的热烈探求紧密结合在一起的。这在客观上把中国文学史上描写妇女命运的主题,推倒了一个全新的思想高度。

## 五

叶紫能够自觉地以现实主义的态度,火一样炽热的感情,朴实而犀利的笔锋,真诚而又严肃地从多方面探索农民问题,并取得了突出的成就,既取决于当时中国农村现实问题的严重性,也取决于叶紫独特的生活经历,以及他对农民运动的关心,对农村社会的深刻理解。

我们知道,自 1840 年鸦片战争之后,帝国主义的大炮轰开了古老中国的大门。国外侵略者的掠夺和国内反动政府的残酷的经济剥削,使整个中国被荼毒得国破民衰,满目疮痍,尤其是农村,经济遭到了严重的破坏。到处人物凋耗,田地荒芜。这样一个黑暗的时代,曾激起了中国人民无数次的反抗斗争。太平天国、义和团、辛亥革命,都在不同程度上打击了帝国主义和封建势力,显示了人民的力量。但是,由于没有先进阶级的领导,没有先进的思想作为行动的指南,加上农民自身的局限性,这些革命都以失败而告终。革命并没有给农民带来实际效益,他们仍过着痛苦无望的生活。到了20世纪20年代末30年代初,这种情况更是恶性膨胀,中国的广大人民,尤其是农民,日益贫困化以至大批地破产,他们过着饥寒交迫的生活,“没有任何的政治上的自由权利”,中国人民的贫困化和不自由的程度,特别是“身受三种压迫(帝国主义的压迫、资产阶级的压迫、封建势力的压迫),而这些压迫的严重性和残酷性,是世界各民族中少见的。”①面对这种情况,年轻的中国共产党主动以拯救危难的祖国为己任。共产党人犹如点点火种洒遍了中国大地,点燃了农民运动的熊熊大火。这大火虽然暂时还无力使当时的黑暗制度化为灰烬,但它使封建统治者感到了威胁,也把叶紫那“封建的、古旧的故乡,激荡得洗涤得成了一个畸形的簇新的世界”②。正是这动荡的社会现实,为叶紫探索农民问题提供了客观条件。

和当时的一般文学青年不同,叶紫从一开始就和农民保持了密切的联系。他那个为中国农民运动献出了几位亲人的革命家庭,对当时的叶紫更有着非同一般的影响。1926年,湖南农民运动在毛泽东同志的指导下,其势如暴风骤雨,迅猛异常。叶紫的家乡益阳县的农民运动也搞得轰轰烈烈,农民协会布满全县。叶紫的叔父余璜任农民协会委员长兼农民自卫军大队长。在他的引导下,叶紫的全家都相继参加了农民革命,并很快都成了革命的中坚分子。他们和广大农民一道打土豪、斗劣绅、封洋行、赶神甫,清仓济灾,兴办学校,演出了一幕幕威武雄壮,可歌可泣的革命活剧。在家庭环境的熏陶下,当时正在中学念书的叶紫也不满足于在学校搞点学生运动了,他积极参加了农民运动的宣传工作。北伐军占领武汉后,他又在叔父的支持下,投笔从戎,进了黄埔军校第三分校学军事,希望能获得更多的本领,以便在农民运动中经受血与火的洗礼。然而,由于蒋介石叛变革命,1927年大革命失败。叶紫的父亲、姐姐先后被杀害,

① 毛泽东:《中国革命和中国共产党》。《毛泽东著作选读》上册,人民出版社1986年版,第325页,336页。

② 叶紫:《我怎样与文学发生关系》,见《叶紫文集》(下卷)(胡从经编),湖南人民出版社1983年版,第505页。

他自己也被反动派到处追捕，幸在亲友的掩护下，才逃出虎口。从此开始了天涯漂泊，过着流浪的生活。他从“大都市流到小都市，由小都市流到农村”，流来流去，又流到军队，最后又由“破碎的农村中，流到这繁华的上海”[1]。这段颠沛流离的生活，和他那异乎寻常的革命家庭的斗争业绩一样，对于作为作家的叶紫是十分重要的。

鲁迅在《叶紫作〈丰收〉序》中说：“作者还是一个青年，但他的经历，却抵得上太平顺民的一世纪的经历。”在这丰富而又痛苦的经历中，叶紫走遍了长江中下游，接触了各种人物（其中也包括共产党人，他不久也加入了共产党），熟悉了多方面的生活，尤其是感受到了农民毕生都受到压迫，比其他阶级有着更多的苦难，而这显然是当时的社会造成的。所以他认为：“人应该用全力攻击社会的丑恶，揭破社会的丑恶，毫不容情地将社会的一切腐烂、罪恶统统暴露出来，哪怕是一毛一角，一点点。”[2]但作为一个无产阶级革命作家，叶紫并没有满足于揭露了社会的黑暗，制度的腐败。而是根据自己对中国农村社会的深刻理解，在作品中既揭露了社会制度的丑恶，也歌颂了农民潜在的革命性，从而寄托了对中国农民革命运动的深切希望。正因此，我们才有幸从作家“流着眼泪”塑造出来的云普叔、王伯伯、汉生爹、立秋、福生、刘嬸妈、梅春姐等农民的形象身上，既看到了一批农民的麻木、愚昧，也看到了另一批农民正在从愚昧中走出来，并在党的教育下开始了反抗旧制度的斗争；既看到了农民革命的艰巨性，又看到了农民革命斗争的光辉前景。

可以毫不夸张地说，叶紫小说为我们认识20世纪30年代中国农村社会提供了一部形象化的教科书。

（原载《安庆师院学报》1984年第4期）

---

① 叶紫：《我怎样与文学发生关系》，见《叶紫文集》（下卷）（胡从经编），湖南人民出版社1983年版，第507页。

② 见叶紫1939年2月3日日记，《叶紫文集》（下卷）（胡从经编），湖南人民出版社1983年版，第629页。

# 略论叶紫小说中的几个农民形象

作为一个优秀的现实主义作家，叶紫十分重视把握社会革命发展的趋势，感应时代脉搏的跳动。在他为数不多的小说作品中，始终把中国新民主主义革命时期最突出的社会问题——农民问题，作为自己注视的中心。他以悲愤的现实主义笔触，成功地塑造了云普叔、王伯伯、曹立秋、刘嬸妈、梅春姐等一批农民形象。这些 20 世纪 30 年代的农民，身世不同，但从他们的所思所想所做，特别是他们大同小异的痛苦经历，从不同的侧面表现了农村复杂的阶级矛盾和尖锐的阶级斗争，形象地展示了大革命前后中国农村的惨状、农民痛苦凄惨生活的全景。在这些农民形象身上，我们既看到了一批农民的麻木、愚昧，也看到另一批农民正在从愚昧中走出来，并在党的教育下开始了反抗旧制度的斗争，使我们既看到了农民革命的艰巨性，又看到农民革命斗争的光辉前景。

连续性短篇《丰收》与《火》，是叶紫的力作，也是叶紫的成名作。主人公云普叔，是一个安贫知命、守法事天的老一代农民形象。他勤劳、善良，一生最大的愿望就是靠自己勤劳的双手种好庄稼，以养活一家老小。他在失去房屋、饿死亲人、饿饥愿逼的重重灾难中，仍能竭力挣扎，试图找一条活路。为保住一家老小性命，忍痛卖掉十岁的女儿和仅有的一所房子，换回谷种；种子下地后，为了夺得好收成，他又拼命干活。用他自己的话说，就是“一辈子也没有想过什么鸡巴法子，只知道要做，不做就没有吃的”。洪水袭来，他不顾性命地和乡亲们一起去抗洪抢险；地旱得裂开了缝，他又不分昼夜地领着两个孩子车水浇田。

“一阵阵的酸疼由脚跟传到全身，传到脑顶。又像是有人拿着一把小刀子在哪里割肉挖筋一般难过。”这些他都咬牙坚持过来了，并且轻易不敢让自己流露出来，“真是痛的忍不住了，才将那含蓄着很久的眼泪，和着汗珠儿一同滴下”。云普叔拼命地耕作，终于盼到了一个丰收的年景，全家人似乎可以过几天好日子，吃几顿饱饭了。结果，粮食还没有进仓，地主、官僚、高利贷者、反动军警以至帝国主义侵略势力蜂拥而至；何八爷软硬兼施地逼贷；保甲“带一位委员老爷和两个佩盒子炮的大兵”上门收“剿共、救国、团防”的捐款；堤局陈局长催逼堤防费……云普叔一家人企年的心血，顿时荡然无存，反而欠了三担三斗五升谷子的捐款，若三天内不交齐，还要进班房。

“丰收成灾”不是源于“天灾”，而是源于“人祸”。反动的封建统治、苛税、兵匪官绅，使云普叔们无力摆脱赤贫的命运，而帝国主义的经济入侵，洋米洋货充斥国内市场，买办资产阶级利封建地主阶级的残酷剥削，更加快了云普叔们走向破产的步伐，直至推向死亡的边缘。

王伯伯(《电网外》)自然也无法逃脱破产的悲惨结局。本来，正伯伯有儿有孙，有“费了几十年精力”做起来的小小的瓦房有了家具，有了牲畜，田里还有一家老小辛苦劳动换米的“急待收获的黄黄的谷子”，眼看又是一个丰收年。按理说，王伯伯一家应该过上富裕的生活了。但是，兵灾使他的瓦房变成了一堆瓦砾，已经成熟的谷子，因打仗无法收割而长出了黄绿色的嫩芽，王伯伯曾抱有幻想的那些白匪军，不仅抢走了他的老母鸡，抢走了他多年血汗积攒下来的二十块钱，为了摄制几幅作欺骗宣传的照片，竟残忍地杀死了他的媳妇、孙子，王伯伯苦苦支撑了大半辈子的家就这样令人痛心地破产了。这一幕幕惨剧，组成了一幅血迹斑斑的 20 世纪 30 年代中国农民生活的图画。可贵的是，叶紫并不是孤立地描绘云普叔、王伯伯等老一辈农民的悲惨命运，而是将对他们的精神、思想状态的分析与对其经济地位、政治态度的考察结合起来，真正做到了全面把握 20 世纪年代中国农民阶级的本质特征、正确反映 30 年代中国农村革命斗争发展的历史趋势。所以，我们才有幸看到，云普叔、王伯伯等老一辈农民，既有勤劳忠厚、善良淳朴的优良美德也不乏愚昧落后、保守苟安的“庸众”的思想，又在心灵深处埋藏着对生活的希望,反抗的种子,蕴含着革命的因素。

尽管人生的旅途是那样的艰辛坎坷,社会现实又是那样的冷酷无情,云普叔、王伯伯等对生活、对未来却一直没有失望。相反,希望的泡沫在他们的心中一个接一个地泛起,紧紧地吸引着他们在艰难的人生旅途中不断地追求。连年的兵灾水旱,把云普叔闹得家破人亡。吃观音粉死掉了云普爷和六岁的虎子,度荒月又卖掉了亲生女儿英英……生活是十分艰难困窘的,云普叔的心却没有因此而干枯,幻想的翅膀仍时时在翱翔。站在即将成熟的稻田边,他觉得展现在眼前的"尽是欢喜,尽是巨大的希望"。他想,粮食收下后,"一定是饱饱的吃它几顿……然后卖几担出去,做几件衣服穿穿……过一个热热闹闹的中秋节,把债统统还清,还要预备过明年的荒月,接新……"同样,王伯伯虽然几经磨难,生活的绝境使他甚至想到过死,但那毕竟是一瞬间的念头。当自己"去木排上花了六七元钱买来一个现存的小棚子",得以暂时栖身时,他又对生活充满了希望,他想着,"假如媳妇、儿孙们都还能回来,假如自家还能拼命地干一下子,假如现在还赶忙种些荞麦,假如明年的秋天能够丰收!……"然而,20 世纪 30 年代中国农村空前黑暗的社会现实,使他们连这极其低微的要求也无法得到满足。正是这残酷的社会现实教育了云普叔和王伯伯。使他们放弃了幻想,摆脱了精神枷锁,终于觉醒并走上了革命道路。

云普叔一改当初只知和自然灾害搏斗,却不知如何防备封建势力掠夺的弱点,当粮食被抢劫一空后,他开始认识到儿子立秋所选择的道路是正确的,并表示支持儿子的斗争。王伯伯曾受国民党的欺骗,对红军认识不清,反而对白军抱有幻想。当他目睹亲人被白军枪杀时,哀痛难抑,想上吊自杀。但他想起自己还有儿子,还有红军,还有一线希望,就打消了自尽的念头,背起包袱,"放开大步,朝着有太阳的那边走去",表示要走儿子的道路,跟随红军革命。

云普叔、王伯伯的形象生动地显示了:深受封建思想桎梏的老一代农民,在性格上虽然有着明显的弱点,但外因(社会革命)的促力,是能够使他们否定自己固有的消极人生观,挣脱传统的枷锁和因袭的重担而站立起来的。他们阶级意识的觉醒,革命要求的萌发,是农民阶级性格发展的必然归宿。这一点,到了中年一代农民如《星》中的梅春姐形象的出现,则得到了进一步发挥。

大革命前,梅春姐的活动主要拘囿于家庭这个小圈子。夫权统治和封建的精神枷锁,使这个美丽善良的劳动妇女由人退化到替丈夫“管理家务和陪作泄欲的器具”,整日遭受二流子丈夫的非人虐待和凌辱,过着屈辱和痛苦的生活。如马克思所说,她的生活已经完全丧失了一切合乎人性的东西,甚至完全丧失了--切合乎人性的外观。她曾想“用自己的眼泪和遍体的伤痕来博得全村老迈人物的赞扬”,听到老人们赞扬她是一个贤德的妇人时,她曾感到过欣慰和骄傲。但是,自身的忍受,他人的赞扬,并没有排除她灵魂的空虚与寂寞,更没有改变她悲哀的处境。她仍然挣扎在封建势力的网罗之中,没有爱情,没有希望,孤独而悲伤。她感到“整个世界像山一般的压着她”,她是“永远见不到太阳的人”,“她的心已经快给丈夫折磨死了,她已经永远望不到丈夫回心转意的那一天了”。对旧生活的彻底绝望,导致她对旧世界的强烈憎恨,她愤慨地呼唤:“变吧,你这鬼的世界,你就快些变啊!”这发自内心的呼唤,反映出柔弱外表下的坚韧精神和在绝望中的期待与追求。由于有这样的思想为基础,当大革命的浪潮滚滚而来时,打破了她所在湖滨村庄的沉寂之后,她能够勇敢地向封建的道德和奴役性的夫权作了坚决的挑战,真诚地爱上农会副会长黄,并按照“互相亲爱、提携;互相规勉、嘉慰”的方式生活在一起,工作在一起。不仅在家里她能够“像一头温柔的春天的小鸟似的,无忧愁无恐惧地饮着她自己的青春和幸福”,在社会上,也能挺起胸膛做人了。她勇敢地投入了革命斗争,积极为劳动妇女的翻身解放贡献力量,并在斗争中增强了对妇女解放的认识,对党领导的农民革命也有了进一步理解。因此,大革命失败,革命者黄被杀以后,她并没有消沉,没有绝望。生活中新的折磨和痛苦,并不能使她像过去那样默默地忍受了。革命的影响使她终生难忘。在她的生活坠入了比一年前更加乌黑、更加悲苦的深渊的时候,她呼唤道重“天啦!……但愿他们都还健在呢!……但……他们……”可见,她没有消极地感叹世道的不平,而是寄希望于革命力量的存在,革命运动的重来。持很显然,梅春姐的希望与云普叔、王伯伯等老一辈农民的希望比较起来;已经跨上了新的台阶,进入了新的层次。云普叔的“饱饱地吃几顿”,“做几件衣服穿穿”,“还清债务”,王伯伯盼望“明年秋天能够丰收”,“儿子、媳妇、孙子住在一起”,是以家庭、自我利益为思考中心,没有摆脱小农意识的束缚。那么,梅春姐怀念的处坚持斗争的革命者,担心的是革命者的生死存亡以及革命斗争的命运。所以,当革命的后代——她和黄的孩子香哥儿被折磨死去之后,她终于下了最大的决心,打好了一个小小的衣包,没有留念、没有悲哀地走出了家门,向“东方”走去。

这里,作者为我们指出了一条真理,是深刻而广泛的农民运动解放了久存于人们心底的革命因素、智慧和胆识,尽管前进途中会遇害到挫折,但革命理想的激励,使革命者在前进的征途中能够永远义无反顾,勇往直前,这正是中国革命最后取得胜利的基本保证。

如果说,梅春姐的走向革命,是外力(社会革命)与内力(自我革命要求)相结合的必然结果的话,那么,立秋(《丰收》)、刘嫡妈(《向导》)从一出场就充分显示出的革命的坚定性,则是长期孕育于农民思想中的反抗火种在新形势下的重新燃烧。

云普叔的儿子立秋,一个普通的年轻农民,除了在质朴健实的品性上与父亲还有相似之处以外,其整个性格系统与父亲已经相去甚远。父亲的安贫知命、守法事天的影子,在立秋身上已完全消失,代之而来的是坚强的、叛逆的性格,是强烈的推翻旧制度的愿望与积极参加革命斗争的要求。他对社会现实与农民的出路,有着深刻的思考和独到的见解,他认为:“这个年头,不靠自己,还有什么人好靠呢?什么都是穷人的对头,自己不起来干一下子,一辈子也别想出头。……不久的世界,一定是我们穷人的!”对父辈的安于命运,他深为不满,深有感触地对父亲说:“拼死了老命,也不过是替人家当奴隶。”他积极主张穷人团结起来,向地主阶级进行斗争。当别人问他怕不怕杀头时,他肯定地回答说:“怕什么啊!只要大家肯齐心,你没有看见江西吗?”很显然,立秋的反抗斗争并不是仅仅停留在个人得失上,他的目光已经触及到整个“世界”,他是从解放劳动人民、推翻旧的世界的理想出发来进行斗争的。诚然,未来的“世界”是什么模样?立秋并不十分清楚,至多只能有一个模糊的轮廓。但是,现实“世界”应该用新的世界来代替它，这个新的世界一定是劳动人民的世界，这一点，在立秋的头脑里，还是很清楚的。

在这方面，表现比较突出的还有《向导》中的刘嬀妈形象。从年龄上看，她应该归属云普叔、王伯伯一类老一代农民形象。但从思想境界上看，我们完全有理由说她是一个新人。她的忠于革命，勇于斗争，英勇机智，视死如归，甚至连立秋也望尘莫及。在她的性格里，再也看不到农民的保守与自私，再也看不到旧社会在她身上所投下的那种阴影了。她的三个儿子被国民党匪军杀害了，她自己也被打得“腿上的鲜血直流，整块整块地沾在裤子边上，像紫黑色的膏糊，将创口牢牢地吸住了”。仇恨使她坚强起来。她决心报复匪军，机智地把他们引到了红军的埋伏区，使敌人的一团人全军覆没。当匪军发现受骗，敌人的旅长审问她时，刘嬀妈愤怒地责骂敌人，并且“拚命地滚了一个翻身，想抱住一个人咬他几口！”最后，她光荣地牺牲了。从性格整体来看，刘嬀妈也许还不太丰满，也许还不能说她就是具有崇高理想的无产阶级革命英雄。但在那黑暗的年代里，叶紫能塑造出这样一个具有如此自觉反抗精神的、中国现代文学史上第一个英雄母亲形象，应该说是对无产阶级革命文学的一个独特贡献。

云普叔、王伯伯、梅春姐、立秋、刘嬀妈，这一系列栩栩如生的农民形象，构成了一幅幅历史人物画卷，它形象地体现了叶紫对 20 世纪 30 年代中国农村社会的认识是深刻的，对农民阶级本质的把握是准确的。

〔原载《益阳师专学报》（哲学社会科学版）1987 年第 1 期〕

# 振奋民族精神　挺起民族脊梁

## ——论鲁迅的爱国主义精神

在鲁迅诞生110周年纪念大会上，江泽民同志发表了题为《进一步学习和发扬鲁迅精神》的重要讲话。他指出：鲁迅是在“决定中华民族生死存亡的光明与黑暗、前进与倒退、革命与反动的搏斗中，产生出来的思想巨人和伟大的爱国者”。这是对鲁迅一生的精辟的概括。作为思想巨人和伟大的爱国者，鲁迅从年轻时起，便目击了中国人民深受民族压迫和封建压迫的痛苦，对满目疮痍的祖国，怀着痛苦而深厚的爱。对祖国，对中华民族刻骨铭心的爱，使他对祖国身处危境有着比常人不同的体会和感受。作为思想家和文学家，他常常用深刻而又犀利的笔触把这些体会和感受传授给人们，使沉睡在“铁屋”中的人们因他的启迪而走向苏醒。其中，他传授最多的是对近代中华民族精神的精确把握与剖析，对“民族灵魂”的重铸，以及振奋民族精神的渴望与追求。痛心于国家的沉沦，抱恨于民族的苦难，憎恶“宁蜷伏堕落而恶进取”的积习，这是鲁迅最初的发声，这里洋溢着爱国主义的热情。在鲁迅身上，我们看到了一个爱国主义者躁动不安的灵魂。

鲁迅的爱国主义精神，从一开始就萌生着反对帝国主义争取民族解放的思想。早在1906年写的《中国地质略论》中，鲁迅一方面怀激情地赞颂祖国的美好河山：“吾广漠美丽最可爱之中国兮！而实世界之天府，文明之鼻祖也。”一方面痛斥清王朝“引盗入室”的卖国政策，“中国者，中国人之中国”，“不容外族之觊觎”，强烈地表现了他反对帝国主义对中国资源进行掠夺的鲜明的民族立场。

在20世纪20年代的五卅运动中，当帝国主义的洋枪在上海造成流血残案的时候，一些“高等华人”在那里“皇皇然辩诬，张着含冤的眼睛，向世界搜求公道”，其奴颜婢膝引起了鲁迅极大的愤慨。他一针见血地指出：“我不解为什么中国人如果真使中国赤化，真在中国暴动，就得英捕来处死刑？记得新希腊人也曾用兵器对付过国内的土耳其人，却并不被称为暴徒；俄国确已赤化多年了，也没有得到别国开枪的惩罚。”由此类证，帝国主义的“文明是向来如此的，并非到现在才将假面具揭下来”。一些中国人，“只因为这样的损害，以前是别民族所受，我们不知道，或者是我们原已屡次受过，现在都已忘却罢了”。[①] 对那些帝国主义的奴才走狗们，鲁迅则用更为辛辣犀利的笔触进行了无情的攻击。当时有人对北京群众反帝爱国热情横加指责，冷嘲热讽，甚至咒骂说：“打！打！宣战！宣战！这样的中国人，呸！”鲁迅针锋相对，异常轻蔑地斥责道：“这样的中国人，呸！呸！！！”[②]

鲁迅的爱国主义精神，还在于他始终把反对帝国主义与反对政府当局在帝国主义入侵时候表现出的奴颜媚骨紧密结合起来。他对于侵略者感到了不共戴天的仇恨，对于在强敌面前卑躬屈节的反动派感到难以控制的愤怒。经过五卅运动之后，鲁迅的思想有了很大的发展。他针对北洋军阀政府的暴政，揭露他们的开山祖师袁世凯屠杀人民的暴行。在《两地书·三五》中，他说：“民元革命时，对于任何人都宽容（那时称为‘文明’），待到二次革命失败，许多旧党对于革命党却不‘文明’了：杀。”“羊相”与“凶兽相”的奇怪转换，经鲁迅短短几笔，活灵活现。“九一八”之后，中国人民陷入了灾难的深渊。大敌当前，南京政府毫无抵抗之心，宁愿卖国也要“剿共”。而其统治下的社会，丑闻不断，或将民族危险当儿戏，或趁“困难”之机而肥己，一会儿是胡汉民劝青年心花怒放，“养力”救国；一会儿是黄色歌舞明星贴上“爱国”标签，招摇过市，成了刺激民众情绪的兴奋剂。鲁迅认为不打击这种把民族大敌的凶残化为一笑的丑行，是不足以唤起民族的尊严和责任感的。他无情批判道：“在这‘国难声中’，恰如用棍子

---

① 鲁迅：《华盖集·忽想想到（十）》，见《鲁迅杂文全编》（一），人民文学出版社2006年版，第460页。

② 鲁迅：《华盖集·并非闲话（二）》，见《鲁迅杂文全编》（一），人民文学出版社2006年版，第498页。

搅了一下停滞多年的池塘，各种古的沉滓，新的沉滓，就都翻着筋斗漂上来，在水面上转一个身，来趁势显示自己的存在了。”①至于南京政府执政者们不知国耻，自欺欺人地对日本帝国主义的侵略采取绥靖投降政策，寄希望于“国联”，即希望英美帝国主义主持公道的丑恶行径，鲁迅表现了极大的愤慨。更有甚者，堂堂南京政府，竟然把解决国家与民族奇耻大辱的重任寄希望于外交总长陈友仁和日本外相芳泽的“私人感情”上，幻想通过私人感情来消弭日本帝国主义对我国的侵略战争。国难当头，还如此自欺欺人，鲁迅感到怒不可遏。他严正指出：“然则‘友谊’和‘私人感情’，好像也如‘国联’以及‘公理’，‘正义’之类一样的无效，‘暴日’似乎不像中国，专讲这些的，这真只得‘不幸而挫败，非所计也’了。”②

鲁迅的爱国主义精神，也在于他能自觉地把反帝与反封建斗争紧密结合起来。鲁迅的时代是一个对爱国主义者有着非常严酷考验的时代。鸦片战争以来，列强的入侵，国力的薄弱，鲁迅本是一个心灵炽热、感情强烈的人，对故乡、对民族、对祖国和人民的爱是那样的深沉而执着。他在愤怒抗议帝国主义侵略的同时，更在不断地总结中国革命失败的教训。他认为，列强入侵固然是中国落后的重要原因，但最根本的原因则在中国几千年封建阴影的笼罩。他把当时的中国，看成“像一只黑色的染缸，无论加什么新东西去，都变成漆黑”，认为“这种漆黑的染缸不打破，中国即无希望”，这“漆黑的染缸”就是封建主义的幽灵。这幽灵深入到了人们的骨髓，使人们“仿佛石像一般”的麻木。更何况，“昏乱的祖先，养出昏乱的子孙，正是遗传的定理”，在“民族根性造成之后，无论好坏，改变都不容易的”③。于是，我们在小说《示众》中看到了一幅众生相，使人从中感到：中国人民在封建专制及其精神的长期统治下，特别是近百年来，又受到帝国主义及其奴仆、鹰犬的蹂躏和毒害，造成了人民思想的愚昧和落后，“用钢刀的，

① 鲁迅：《二心集·沉滓的泛起》，见《鲁迅杂文全编》（三），人民文学出版社，2006 年版，第 135 页。

② 鲁迅：《南腔北调集·“非所计也”》，见《鲁迅杂文全编》（三），人民文学出版社 2006 年版，第 228 页。

③ 鲁迅：《热风·随感录（三十八）》，见《鲁迅杂文全编》（一），人民文学出版社 2006 年版，第 290 页。

用软刀的”，把广大的群众从肉体到精神压迫到了不能伸直枝干的“病梅”。如果任其发展下去，我们见到的将是一个“无声的中国”。鲁迅认为，“必须敢于正视”现实，极力“发露各样的劣点，撕下那好看的假面具来”，无论是社会的弊端，抑或是它长期熏染和沉积于作为社会成员的广大民众精神世界中的种种现象，都应该进行严肃和深刻的揭示，这样才能引起疗救的注意。这也正是一个真正的爱国者必须尽力而为的。

作为“伟大的爱国者”，鲁迅的爱国主义精神与近代中国的仁人志士的爱国主义精神是一致的。爱国主义是中华民族最深厚的精神传统，同时也是近代中国时代精神的最强音。鲁迅的深刻性在于，他担心的除外患之外更在内忧，他认为，国之衰弱，列强入侵，是重要因素，但外患除之有日，只要民众团结起来，形成合力；消除内忧则任务更重，时日更长，“病态”的“社会”和“人们”，“中国国民性的堕落”，才是中国落后的内在原因，是决定性的因素。

鲁迅指出：为了维护专制主义制度的统治，从最高统治者开始直至各级统治者都极不愿意“揭出”自己身上所存在的国民性痼弊，因为如果“揭出”，又不愿进行彻底“疗救”，这就影响了统治者的“威严”，就会影响专制主义的统治。因此，封建专制主义的统治者总是希望人们不要“睁开眼睛”看社会，谁敢面对“淋漓的鲜血”、对“病态”的社会发出自己的怒吼，必将受到严厉的压制和扼杀。正如鲁迅在《坟·看镜有感》里所说：“一到衰敝陵夷之际，神经可就衰弱过敏了，每遇外国东西，便觉得仿佛彼来俘我一样，推拒，惶恐，退缩，逃避，抖成一团，又必想一篇道理来掩饰，而国粹遂成为孱王和孱奴的宝贝。”可见，不把这“衰弱的神经”“疗救”过来，社会的进步，国家的振兴都是一句空话。正是基于这样深刻的认识，鲁迅看到祖国振兴的希望，这就是在批判国民弱点的同时，立足唤醒全民族每个成员意识到自己的责任，重铸民族灵魂，振奋民族精神，从而挺起民族的脊梁。

在《中国人失掉自信力了吗?》一文中，鲁迅曾讴歌“中国的脊梁”是中华民族精神的象征。鲁迅认为，在当时的历史条件下，这种耀眼的“民族精神之光”正在被“病态”的社会风云所掩盖，因此，“疗救”“病态”的人们，整治“病态”的社会,是振奋民族精神挺起民族脊梁的第一要著。鲁迅是这样说的,也是这样做的。

青年时期的鲁迅,怀着寻求真理和救国救民的愿望,东渡日本留学,抵达东京后就积极参加了孙中山领导的资产阶级革命运动,“赴会馆,跑书店,往集会,听讲演”。他毅然剪去了象征清朝专制统治的辫子,还拍照留念,写上“灵台无计逃神矢”这首浩然荡气的爱国主义诗篇,立志要把自己的鲜血和生命献给长夜漫漫和风雨如磐的祖国。至于如何救国,早期的鲁迅根据日本维新大半发端于西方医学和科学技术的事实,立志从事医学,想以医学作为救民的工具。鲁迅做了一个“美满”的梦:“预备卒业回来,救治像我父亲似的被误的病人的病苦,战争时候便去当军医,一面又促进了国人对于维新的信仰。”梦毕竟是梦。现实生活中,他感受到中国人的地位低下,中国人在域外随时随地被外人侮辱。他常常为祖国的贫弱而悲哀,为自己得不到一个强大的祖国的支持而悲哀。“幻灯片”事件后,鲁迅觉得“医学并非一件紧要事,凡是愚弱的国民,即使体格如何健全,如何茁壮,也只能做毫无意义的示众的材料和看客,病死多少是不必以为不幸的”。所以,“我们的第一要著,是在改变他们的精神,而善于改变精神的是,我那时以为当然要推文艺,于是想提倡文艺运动了”①。

鲁迅所处的时代是一个人民群众从愚昧走向觉醒的时代,在这个时代里,中国人民进行的民主革命的基本任务,正如毛泽东同志所指出的,“既然现阶段上中国革命的敌人主要的是帝国主义和封建地主阶级,那么,现阶段上中国革命的任务”,“主要地就是打击这两个敌人”②。自觉投身革命后,鲁迅更自觉地“与前驱者取同一的步调”。在他的作品中,处处洋溢着爱国主义的深情,反映着“五四”精神,体现了彻底的不妥协的反帝反封建的锋芒。《狂人日记》吹响了进军的号角,它以揭露封建礼教的深刻性震动了整个思想界。《我之节烈观》《我们现在怎样做父亲》以及其他许多杂文和小说,从政权、族权、神权、夫权等方面对封建主义进行了全面深入的批判,用“匕首”“投枪”向敌人猛烈开火,百

① 鲁迅:《呐喊·自序》,见《鲁迅散文诗歌全编》,人民文学出版社 2006 年版,第 514 页。

② 毛泽东:《中国革命与中国共产党》,《毛泽东著作选读》上册,人民出版社 1986 年版,第 327 页。

折不挠。

当然，鲁迅也清楚意识到，仅仅靠他这样一批“精神界之战士”，反帝反封建还是不够的。在当时的历史条件下，人民群众才是完成这项重大历史使命的根本力量。但由于他们的觉醒还有一个过程，需要“先觉者”们替他们加一把劲，助一些力。这里首要的任务就是使他们自觉摒弃自身的劣根性即影响他们跟上时代步伐的“国民性”。在这一点上鲁迅可以说花费了毕生的精力和才华。

鲁迅认为，振奋民族精神，是挺起民族脊梁的必要前提，没有精神的民族也谈不上挺起脊梁。而在当时社会条件下，恰恰有一些人振奋不了精神，满足于做稳奴隶的地位。在《南腔北调集·漫与》一文中，鲁迅曾剖析到：“一个活人，当然是总想活下去的，就是真正老牌的奴隶，也还在打熬着要活下去。然而自己明知道是奴隶，打熬着，并且不平着，挣扎着，一面‘意图’挣脱以至实行挣脱的，即使暂时失败，还是套上了镣铐罢，他却不过是单单的奴隶。如果从奴隶生活中寻出‘美’来，赞叹，抚摩，陶醉，那可简直是万劫不复的奴才了，他使自己和别人永远安住于这生活。”更有一些甘心充当帝国主义和反动统治阶级的奴才的人们。有些人对帝国主义者摇尾乞怜，有的对反动统治阶级存在不切实际的幻想，在奴隶生活中寻求可怜的“乐趣”，让“精神胜利”来麻醉自己、松懈自己的斗志，这恰恰是民族解放的大忌。在小说创作和杂文中，鲁迅抱着“哀其不幸，怒其不争”的态度，深刻揭示了这种可悲的精神状态。

仅以鲁迅的农村题材小说为例。鲁迅在寄予了深深地同情的同时，给予了更深刻的批判。可贵的是，鲁迅批判农民的不觉悟和落后，并深刻地揭示了其中的根本原因。如阿Q的精神胜利法，本来是剥削阶级固有的阶级特征，尤其在清朝末年那些腐败的官僚政客的身上表现尤为明显。屡吃败仗，无耻地向帝国主义投降，却唱着东方文明胜于西方文明的滥调，甚至“掉了鼻子，还说是祖传老病”，“即使无名肿毒，倘若生在中国人身上，也便‘红肿之处，艳若桃花；溃烂之时，美如乳酪’，国粹所在，妙不可言”①。这种精神状态，实际上是上流社会的堕落的表现。在鲁迅看来，一个民族没有精神是不行的，但仅靠“精神胜

① 鲁迅：《热风·随感录（三十九）》，见《鲁迅杂文全编》（一），人民文学出版社2006年版，第295页。

利”也是不行的。在当时的历史条件下，要使人民大众重新振奋精神，关键要清除思想上的障碍，克服愚昧、麻木的致命弱点，自觉地以民族振兴为己任。鲁迅正是自觉地把文艺的武器作为“引导国民精神的灯火”，高举着“为人生”的思想旗帜，怀着改造“国民性”的热切愿望，使文艺有力地配合为了民族解放而奋斗的“精神界之战士”。

鲁迅的深刻性还在于，他不仅仅满足于发现并艺术地表现中华民族的觉醒，而且在发现与表现中对振奋民族精神提出了自己的见解。

振奋民族精神，在当时的社会里必须以毫不妥协的立场，以“韧性的战斗”，冲破“无物之阵”。所谓“无物之阵”，是一个十分深刻的命题。在《华盖集·“碰壁之后”》中，鲁迅对这种“无物之阵”作了更为深刻的阐述：“中国各处是壁，然而无形，像‘鬼打墙’一般，使你随时能‘碰’。”分明处处是“壁”，处处可“碰”，“然而无形”，革命也好，斗争也好，总可以让你无所用其力，欲突破而找不到突破口；这样一个令人无从下手和无从用力的社会现实，曾给中国人民带来莫大的困惑和忧虑，曾使一些奋起革命，试图冲出封建包围的人由进取转为“退隐”，由奋力拼搏转为墨守成规。这在鲁迅的作品中也有较多的形象展现，这也是鲁迅对中国革命命运令人震惊的揭示。在鲁迅看来，在历史转折时期、过渡时期，旧的规范，旧的原则正在被否定，被打破，新的规范、新的原则，新的秩序还没有建立，在“没有路”的情况下，只有用韧性的战斗突破“无物之阵”的“包围圈”，自己选一条可以走的路，振奋精神，坚定信念走下去。不要迷信过去与将来，而要寄希望于“现在”——现实的存在。不沉湎于东方式的冥想，而要在实践中探索。

振奋民族精神，还必须有永无止境的锐意进取精神。鲁迅的一生，是与逃避现实、脱离实践、无为而终的文人传统进行无情斗争的一生。早年的鲁迅就历数过老子“不撄”之说必然使个人和社会退化“入于苓落”之弊，对于“徒作大言的空谈家”，鲁迅进行了无情的讽刺与鞭挞，他留给后代的重要遗言也是“万不可去做空头文学家和美术家”。他曾多次哀叹中国知识分子在长期封建思想的影响下精神日益衰颓，失去行动能力，“只落得麻痹了翅子，即使放出笼外，早已不能奋飞”①。他因此认为,中华民族的“青年最要紧的是‘行’”。他曾严肃地宣布自己与“只言不行”的文化传统的彻底决裂。为了振兴中华民族,中国人必须“能做事的做事,能发声的发声”。他教育人们越看透现实的黑暗,越要以更大的精神力量去与黑暗捣乱,他认为,在“绝望的抗战”中更能获得人生的真实价值。所谓“绝望中的抗战”,就是一种不抱幻想的抗战,不计成败,“只求耕耘,不问收获”的抗战。所以鲁迅真正寄予希望的,是那些挺身于变革现实实践第一线的行动型的人,是“深深地在人海的底里寂寞地鸣动”的人,是那些“从容地转辗”于枪林弹雨中,“虽殒身不恤”的人。而“那切切实实,足踏在地上,为着现在中国人的生存而流血奋斗者,我得引为同志,是自以为光荣的”②。

振奋民族精神,更要具有百折不挠的改革创新意识。人类社会的每一次进步都离不开改革和创新。改革和创新是人类社会发展的基本推动力。鲁迅在深刻洞悉历史和对社会现实进行客观分析的基础上提出,“没有现成规范可循”是一种天大的灾难,但对改革者,正是施展才能的大好时机,是进行新的开拓、创造的黄金时代。他认为只有不唯信“书”,也不为“人”所束,只有充满自信力,同时脚踏实地,埋头苦干,以改革和创新精神,在“干”中创造一切,从严格意义上说,只有把民族精神振奋起来,才能真正把民族脊梁挺起来。

著名作家许杰先生把“鲁迅精神”概括为十六个字:“以身相许,身体力行,实事求是,爱憎分明。”可以说,“以身许国”是鲁迅精神的本质特点。鲁迅的一生是伟大的爱国者以身许国的一生。

〔本文是1996年10月20、21日在上海举行的纪念鲁迅逝世六十周年全国鲁迅研究学术研讨会入选论文。本次研讨会由中国作协、中国鲁迅研究会、上海市文联、上海市作协、上海市鲁迅纪念馆联合举办。会后出版论文集《浩气千秋民族魂——纪念鲁迅先生逝世六十周年论文集》(百家出版社1998年5月第一版),本文收入其中。〕

① 鲁迅:《彷徨·伤逝》,见《鲁迅小说全编》,人民文学出版社2006年版,第272页。

② 鲁迅:《且介亭杂文末编·答托洛斯基派的信》,见《鲁迅杂文全编》(五),人民文学出版社2006年版,第355页。

# 《药》主题形成浅探

1919 年 4 月，鲁迅写了著名小说《药》。这篇作品，通过华老栓夫妇用被反动统治者残酷杀害的革命烈士的血，来医治儿子的病的故事，悲愤地显示出革命者进行的活动不为广大人民所理解，批判了辛亥革命不发动人民群众的弱点。作品形象地为人们提供了一面认识旧民主主义革命时期中国社会的真实的镜子，一付“诊断”了辛亥革命失败的“病症”之后开出的“药方”，表现了极其深刻的思想艺术力量。它的发表“显示了‘文学革命’的实绩，又因那时的认为‘表现的深切和格式的特别’颇激动了一部分青年读者的心”①。为了更好地理解作品，本文想就《药》的主题的形成谈一点粗浅的看法。

鲁迅曾对人说过，《药》的写作意图是：“描写群众的愚昧和革命者的悲哀；或者说，因群众的愚昧而来的革命者的悲哀；更直捷说，革命者为愚昧的群众奋斗而牺牲了，愚昧的群众并不知道这牺牲为的是谁，却还要因了愚昧的见解，以为这牺牲可以享用……”②《药》虽然成篇于五四运动前十天，但作品主题的孕育有一个较长的过程。我以为，作者所说的创作意图甚至可以追溯到他的青年时期。

早在 1902 年前后，鲁迅在日本弘文学院读书时，就常常和人们谈论：怎样

---

① 鲁迅：《中国新文学大系小说二集序》，见《鲁迅杂文全编》（五），人民文学出版社 2006 年版，第 21 页。

② 据孙伏园《鲁迅先生二三事·药》。

才是理想的人性？中国国民性最缺乏的是什么？它的病根何在？[1] 当时的鲁迅已经朦胧地感觉到：由于几千年封建主义的统治，中国人民一直处在愚昧之中。和当时的一些有志之士一样，他力图寻找一条救治的药方，并一度寄希望于科学。1903 年，他写了科学论文《说铂》《中国地质略论》，并用章回体译述法国儒勒·凡尔纳所作科学小说《月界旅行》《地球旅行》。1904 年 9 月，又去日本仙台医学专门学校学医。他认为科学既可以是改良社会、改良人生的良药，又可以治愈人们思想上的病。正如他后来（1918 年 11 月）所说的那样："即使同梅毒一样，现在发明了六百零六，肉体上的病既可以医治；我希望也有一种七百零七的药，可以医治思想上的病。这药原来已经发明，就是'科学'一味。"他认为："用了对症的药，即使不能立刻奏效，也可把那病毒略略羼淡。"[2]他试图用科学来"促进国人对于维新的信仰"[3]。但是，仙台学医一年之后，鲁迅对自己的观点怀疑了。那是 1905 年 9 月，开学不久，由于鲁迅上学年解剖试验的成绩，在同学一百余人中名列中间，受到了某些军国主义教育毒害的日本学生的流言中伤并托辞进行的无理检查。在鲁迅及一些主持正义的同学的斗争下，虽然"流言消灭了"，给鲁迅留下的刺激却是不可磨灭的。因为鲁迅知道，事情的起因，完全是因为在那些日本学生眼里，"中国是弱国，所以中国人当然是低能儿，分数在六十分以上，便不是自己的能力了"。这就引起了鲁迅对于科学救国道路的怀疑[4]。他深深感到"科学"这一药方在当时社会里是不行的，它既治不了"肉体的病"，更没法用来治好人们思想上的病。旧的药方失灵了，新的药方在哪里？当时的鲁迅并没有找到。

直到 1906 年夏，鲁迅向校方申请退学，终于放弃了医学救国的道路。他觉得中国"还应该有较为广大的运动：先提倡新文艺"[5]。于是决心从事文艺运

---

① 据许寿裳《回忆鲁迅》，见《亡友鲁迅印象记——许寿裳回忆鲁迅全编》，上海文化出版社 2006 年版，第 203 页。

② 鲁迅：《随感录三十八》，见《鲁迅杂文全编》（一），人民文学出版社 2006 年版，第 290 页。

③ 鲁迅：《呐喊·自序》，见《鲁迅散文诗歌全编》，人民文学出版社 2006 年版，第 513 页。

④ 鲁迅：《藤野先生》，见《鲁迅散文诗歌全编》，人民文学出版社 2006 年版，第 85 页。

⑤ 《鲁迅自传》手稿，见《革命文物》，1976 年第 3 期。

动，“想利用他的力量，来改良社会”[①]。促使鲁迅下这一决心的，是他看到日俄战争的时事影片上，有许多“一样是强壮的体格，而显出麻木的神情”的中国人，围着鉴赏被绑砍头的同胞。鲁迅看后认识到：“凡是愚弱的国民，即使体格如何健全，如何茁壮，也只能做毫无意义的示众的材料和看客，病死多少是不必以为不幸的。所以我们的第一要著，是在改变他们的精神，而善于改变精神的是，我那时以为当然要推文艺，于是想提倡文艺运动了。”[②]在1907年写成的《摩罗诗力说》中，鲁迅又强调提出要做到“国民精神之发扬”。可见，在这一阶段中，鲁迅对国民的愚昧是何等担忧。为了改变国民的精神，弃医为文，这是鲁迅从事文艺创作的思想基础。可以这样说，鲁迅在开始研究如何使愚昧的国民觉醒的那一天起，小说《药》的主题就开始萌生，只不过不那么清晰，还处于朦胧状态之中。

《药》的主题主要包括两个方面：一是群众的愚昧，一是革命者的悲哀。“群众的愚昧”，是鲁迅早在青年时代就已认识到的。“革命者的悲哀”，当时的鲁迅还不可能正确认识。鉴于种种条件的限制，他还不能把群众的愚昧与革命联系起来考虑。对群众缺乏民主主义革命觉悟，鲁迅当时甚至抱有一种愤激的情绪。他批判一些资产阶级庸众和不觉悟的群众“宁蜷伏堕落而恶进取”，形成一种“无上征，无希望，无努力”[③]的保守苟安的精神状态。但是，作为一个革命民主主义者，鲁迅并没有止于对群众落后的激愤，而是鲜明地提出了“立人”的光辉思想。他说，一国的强弱，“根抵在立人”，“是故将生存两间，角逐列国是务，首先在立人，人立后而凡事举；若其道术，乃必尊个性而张精神”[④]。显然，鲁迅这里所说的“尊个性而张精神”是为了实现“立人”最后达到“兴国”的一种手段。鲁迅说：“人既发扬踔厉矣，则邦国亦已兴起，”“国人之自觉至，个性张，沙聚之帮，党由是转为人国。”[⑤]鲁迅认为，因为群众落后，所以要解放个性，发扬精

---

① 鲁迅：《我怎么做起小说来》，见《鲁迅散文诗歌全编》，人民文学出版社2006年版，第303页。
② 鲁迅：《呐喊·自序》，见《鲁迅散文诗歌全编》，人民文学出版社2006年版，第514页。
③ 鲁迅：《摩罗诗力说》，见《鲁迅杂文全篇》（一），人民文学出版社2006年版，第63页。
④ 鲁迅：《文化编至论》，见《鲁迅杂文全编》（一），人民文学出版社2006年版，第51页。
⑤ 鲁迅：《文化编至论》，见《鲁迅杂文全编》（一），人民文学出版社2006年版，第40页。

神，首先造成大批精神界之战士，让他们去启发群众觉起，唤醒他们的反抗精神。这种观点虽然还没有摆脱启蒙主义的立场，但它体现了鲁迅对人民群众觉悟和反抗的渴望。没有这种热切的渴望，就不可能有后来在《药》中所表现出来的如此巨大而又深刻的思想意义。

1907 年 7 月光复会重要成员徐锡麟以及秋瑾的被杀，使鲁迅思想受到了很大的刺激，对于《药》的主题的形成起了不可忽视的作用。鲁迅和他们是同志，知道消息后极为悲愤，参加了同乡会举行的“吊烈士”“骂满洲”的集会，坚决主张发电声讨清廷杀害革命者的滔天罪行①。直到 1909 年，他在浙江杭州的两级师范做化学和生理学教员时，平时谈话的主题，常是痛斥清朝政府怎样腐败，怎样残杀革命者，赞扬孙中山怎么了不起，以及徐锡麟、秋瑾怎样进行革命斗争等，鲁迅“发起议论来是十分激烈的”②。著名的辛亥革命爆发后，在鲁迅心中激起了光明奋发的感情，他对革命寄予了很大的希望。在他看来，“那时确是光明得多”，“觉得中国将来很有希望”③。他积极组织学生“武装演说队”，并亲自带领“演说队”上街进行革命宣传。然而，事情的结果，并没有像鲁迅希望的那样。革命看起来是成功了，实际上“内骨子是依旧的”④。“辛亥革命只把一个皇帝赶跑，中国仍旧在帝国主义和封建主义的压迫之下，反帝反封建的革命任务并没有完成”⑤。

辛亥革命失败以后，一些有志之士大多在分析失败的原因，并试图找出一条更新的道路来。陈独秀等人认为：革命的失败，首先是由于没有唤起“多数国民之自觉”，“吾国之维新也，复古也，共和也，帝政也，皆政府党与在野党之所主张抗斗，而国民若观对岸之火，熟视而无所容心，其结果也，不过党派之胜负，于国民根本之进步，必无与焉”⑥。他们认为不使人民在思想上觉悟，而只是空喊

---

① 鲁迅：《范爱农》，见《鲁迅散文诗歌全编》，人民文学出版社 2006 年版，第 89 页。
② 据张能耿《鲁迅在浙江两级师范学堂》。
③ 鲁迅：《两地书（八）》。
④ 鲁迅：《范爱农》，见《鲁迅散文诗歌全编》，人民文学出版社 2006 年版，第 92 页。
⑤ 毛泽东：《青年运动的方向》，见《毛泽东著作选读》上册，人民出版社 1986 年版，第 298 页。
⑥ 《一九一六年》，《新青年》1 卷 5 号，1916 年 1 月。

宪法、国会,“张空拳绳民贼以法度”是毫无用处的[1],因为“法律死物也,苟无人以持之,不能以自行”[2]。因此,他们主张“使吾国党派运动进而为国民运动”,并决心为促进国民的自觉而进行工作[3]。鲁迅此时的思想与此也十分相近。辛亥革命失败后,鲁迅的心情也十分沉重。1912 年 1 月,南社领导人之一、越社发起人陈去病到绍兴要求王金发严办谋杀秋瑾的主犯章介眉,但王金发“将那谋主释放了,据说是因为已经成了民国,大家不应该再修旧怨”[4]。鲁迅得知这一情况后,深表不满[5]。同年七月,以孙中山为首的革命党人举行“二次革命”,但不到两个月就失败了。不久之后,袁世凯在北京就任临时大总统,革命的胜利成果完全落入了北洋军阀头子、大卖国贼手中。在一片“杀、杀、杀”的白色恐怖下,“中国又一天一天沉入黑暗”[6]。对此,鲁迅“总是深为叹息,并陷在沉思之中”,经过痛苦的思索,他终于认识到“辛亥革命的结果之所以如此之坏,是因为革命者没有联系群众,没有到群众中去做宣传鼓动工作。革命者为群众奋斗而牺牲了,但尚未觉悟的群众却不知道这牺牲为的是谁”,“这也是革命者的悲哀”[7]。经过辛亥革命之后,鲁迅已经不像以前那样简单地对群众的愚昧落后表现出愤激之情,或孤立地赞扬革命者的英勇。而是以冷静的现实主义的深刻思考,从总结革命失败的教训出发,从革命与群众的关系上深刻地分析辛亥革命失败的原因。这标志着鲁迅思想的进步。《药》所要表达的思想此时在鲁迅头脑中已经清晰了。作者的这种思想并不是一下就形成并成熟的,而是经历了一个漫长的过程。在这个过程中,日俄战争的影片,徐锡麟、秋瑾之死,辛亥革命的失败,对鲁迅的刺激尤为深刻。这些事件实际上构成了《药》主题孕育过程中的几个重要阶段。

---

① 《时事杂志》,《新青年》3 卷 4 号,1917 年 1 月。

② 《民彝与政治》,《民彝》第 1 期,1916 年 5 月。

③ 《一九一六年》,《新青年》1 卷 5 号,1916 年 1 月。

④ 鲁迅:《论“费厄泼赖”应该缓行》,见《鲁迅杂文全编》(一),人民文学出版社 2006 年版,第 263 页。

⑤ 据马口兴述,张能耿整理《从〈越铎日报〉到〈民兴日报〉》见《绍兴鲁迅纪念馆馆刊》第 1 期。

⑥ 鲁迅:《论“费厄泼赖”应该缓行》,见《鲁迅杂文全编》(一),人民文学出版社 2006 年版,第 263 页。

⑦ 孙伏园:《追悼鲁迅师》,载 1961 年 9 月 26 日《中国青年报》。

也许有人要问，既然《药》的主题早已孕育，为什么一直到辛亥革命后七八年，五四运动前夕作品才完成呢？

我们知道，鲁迅十分强调生活对于创作的决定作用。他曾说过："作者写出创作来，对于其中的事情，虽然不必亲历过，最好是经历过。……我所谓经历，是所遇、所见、所闻，并不一定是所作，但所作自然也包含在里面。"[①]鲁迅强调的是作者必须有亲身实践和体验，只有"遇""见""闻""作"，多方面接触社会，才能从生活中吸取创作的素材，也才能对生活有更为真切的感受。他说："若作者的社会阅历不深，观察不够，那也是无法创造出伟大的艺术品来的。……故对于任何事物，必要观察准确、透彻，才好下笔。"[②]鲁迅之所以迟迟没有动笔写作《药》，与他这种谨严的创作态度是分不开的。辛亥革命后，鲁迅并没有满足已经得到的生活素材和已经萌生的思想，他仍在继续探索生活的真谛。《药》的主题真正成熟时期，实际上是在十月革命以后。

在此之前，在痛苦的思索中，鲁迅更多的是总结以往革命失败的教训。"将来"如何，鲁迅并不十分清楚。这时的鲁迅，苦闷多于希望。1917 年的十月革命，给鲁迅以极大的鼓舞，他从十月革命的风暴中看到了一线希望，"在刀光火色衰微中，看出一种薄明的天色，便是新世纪的曙光"。[③] 1918 年 8 月 20 日他曾写信给许寿裳，畅抒了对中国社会的观感和自己的思想状况，表现了革命高潮即将到来的兴奋心情："历观国内无一佳象，而仆则思想颇变迁，毫不悲观。"[④]鲁迅怀着变革现实的强烈愿望，号召人们觉醒起来，革新图强，以促进祖国的强盛和民族的解放，不能只是沉溺于怀念过去的盛况，悲叹"征服者的不行仁政，和旧制度的不能保存"[⑤]。由此可见，十月革命之后，鲁迅对于辛亥革命又有了新的认识。对失败了的革命，他仍然采取批判的态度。对于人民的革命事业，却寄予很大希望。他认为革命者的鲜血并没有白流。石在，火种就不会熄

---

① 鲁迅：《叶紫作(丰收)序》，见《鲁迅杂文全编》(五)，人民文学出版社 2006 年版，第 1 页。
② 鲁迅：《第二次全国木刻联合流动展览会上的讲话》。
③ 鲁迅：《随感录五十九 · 圣武》，见《鲁迅杂文全编》(一)，人民文学出版社 2006 年版，第 334 页。
④ 《鲁迅书信集》，见《鲁迅书信集》上，人民文学出版社 1976 年版，第 18 页。
⑤ 《关于鲁迅的两件手迹》，载《文物》1972 年 5 月号。

灭。革命者虽然牺牲了,人们暂时对他还不了解,这确使人感到悲愤和痛心。但是,人民终于要觉醒,他们将踏着革命前趋者的鲜血前进。所以,鲁迅坚决反对那种"只是悲叹那过去"的悲观论调,而主张着眼"现在以及将来"。这与后来在《药》中体现的思想是完全一致的。我们看到:《药》的结尾,作者在革命者的坟上"添了一个花环",这不是没有缘由的。作者之所以能"删除些黑暗,装点些欢容,使作品比较的显出若干亮色"①。这说明鲁迅透过参加十月革命的"有主义的人民"看到了中国革命的希望,他对革命前途充满了信心。因为十月革命使他确信"新的社会的创造者"不是少数的英雄哲人,而是"无产阶级"②。因此,在这个革命高潮即将到来的新的时期里,使中国人民尽快地摆脱蒙昧,成为"有主义的"人民,从而成为"新的"社会的创造者,便成了一个十分迫切的任务。怎样来完成这一任务呢?在鲁迅看来,"当然要推文艺"了③。所以,在得知"城里杀了犯人,还有一个生痨病的人,用馒头蘸血舐"④这一生活素材之后,激起了他的"灵感",于是很快就写成了《药》。

从以上简单分析,可以看出《药》的问世,并非靠偶然的"灵感",而是由浅入深,从主题萌芽到成熟,直至作品的完成,每一步都具有必然性。真可谓水到渠成,瓜熟蒂落。

(原载《昆明师范学院学报》1981年第3期)

---

① 鲁迅:《〈自选集〉自序》,见《鲁迅散文诗歌全编》,人民文学出版社2006年版,第558页。
② 鲁迅:《答国际文学社问》,见《鲁迅杂文全编》(四),人民文学出版社2006年版,第420页。
③ 鲁迅:《呐喊·自序》,见《鲁迅散文诗歌全编》,人民文学出版社2006年版,第514页。
④ 鲁迅:参看《呐喊·狂人日记》,见《鲁迅小说全编》,人民文学出版社2006年版,第9页。

# 《春蚕》的心理描写艺术

古往今来的文学大师无一不重视心理描写在刻画人物形象中的重要作用。人们普遍认为,掌握人物内心世界的辩证法,揭示人物心灵的奥秘,是小说艺术的精髓,“心理分析是赋予作家才能以力量的最本质要素”①。早在1921年,茅盾在对近代文学的剖析中,就已经注意“心理分析的精研”是它的特点之一。茅盾开始创作时,还不大能够很好地运用心理分析的手法,到写《子夜》《春蚕》时,他便能纯熟他运用心理分析描写手法了。

触景生情、情随物迁,在广阔的社会背景下,把人物内心加以外在的物化,紧扣情景的推移,揭示人物内心世界的变化,.是《春蚕》心理描写的突出特点之一。主人公老通宝心理活动的轨迹,无一不打上了社会环境和自然情景变化的烙印。作品一开始,老通宝坐在“塘路”边上的石头上,看到拉纤的绍兴人挥汗如雨的艰辛劳作,便触发了他燥热的感觉,这“热”源于外在的,即自然界确已开始热了起来,更源于内在的,即老通宝心理上的。他作为一个整日辛勤劳作的老蚕农,最大的愿望莫过于蚕花丰收。时令的变化自然触发了他对自己养蚕业的思考。眼前的河塘之景,桑林的勃勃生机无的一不给他透出喜人的信息,使他充满了朦胧的希望。但是,希望中又不免夹杂着忧虑,近日来时有传说“丝厂要关门”的消息,这可是关系到老通宝全家生存的大事。从感情上,他不愿这会成为事实,从经验上,他“不肯相信”这是真的。但

① 《车尔尼雪夫斯基论文学》上卷,上海译文出版社1983年版,第693页。

现实中又确确实实地流传着。何况,家境的盛衰经历时时敲打着老通宝,这不免使他忧虑逐步大于希望,他越想越热,越热越烦,难免感到“真是天也变了”。通过这些递进式地层层剥露,由景而情,由情而思,作者的心灵解剖刀越来越深入到人物内心世界。从这里,不仅看到了他独特的心理矛盾,也看到了形成这种心理矛盾的社会环境、自然环境以及内在基因。此时,老通宝的心灵无疑是一个博大精深的世界,你不能不产生深入探求他心灵奥秘的兴趣。

小火轮的出现,对于老通宝感官的刺激以及带来的心理上的变化,更是作者的一次卓越的艺术安排。思前想后,老通宝对自己家境兴衰缘由似有所悟,但又有点说不清,道不明,待官河上的小火轮凶神恶煞般地开来的时候,“满河平静的水立刻激起泼刺刺的波浪”,也在老通宝的心头激起了思绪的波澜,回头想来,他家稳步发展的趋势,不正是这小火轮的冲击而改变了方向的吗?河里有了小火轮之后,“他自己田里生长出来的东西就一天一大不值钱,而镇上的东西却一天一天贵起来”。老通宝对小火轮以及坐在上面的洋鬼子当然要满怀“恨意”了。可贵的是,作者并没有满足于仅仅停留在揭示老通宝的恨意上,而是把心灵的解剖刀更深一步,挖到了老通宝悲剧性格的痼疾。由于一系列生活事件的触发,老通宝联想起前辈们的“铜钿都被洋鬼子骗去”的经验,看着洋货冲击后苛税的繁重,他似乎懂得了自己悲惨遭遇根源,这本来是不错的。问题在于,这些洋鬼子何以能侵入,“洋鬼子是怎样骗了钱去”,老通宝并没有能力,也没有兴趣深究下去。在没有完全明白的情况下,就对一切有“洋”字的东西满怀恨意,难免会恨出差错来。他对洋蚕种的恨,不仅造成了他与子女的矛盾,也影响了自己的经济收入。他怎么能不感到处处不随意呢?怎么能因想不通看不惯眼前的一切,而感到“活得厌了”呢?这里,我们活脱脱地看到了老通宝的双重性格因素:一方面是对帝国主义侵略者的刻骨仇恨,具有强烈的民族自尊心;另一方面却是封闭、保守、顽固的传统观念,使他在意识上具有狭隘的排他性,外在的一切事物,包括与自己事业有益的新生事物,也因他的不了解而弃之门外,从而失去了借鉴的机会和条件。

人物的心理活动是无声的语言，看不见、摸不着，隐蔽在人的脑海之中，但是，它并非神秘莫测，人的行为动作总是受心理活动的支配，它是心理活动的外化或运动化。因此，从行为动作和神情中刻画人物的心理活动，揭示人物在特定情势下的典型心理，成为现实主义心理描写的主要方法，也是《春蚕》心理描写的又一特色。

首先，作者善于遵循人物自身的性格逻辑，通过人物外在的动作的刻画，展示人物特定情势下的典型心理。本来，老通宝因蚕种的事与儿媳四大娘发生矛盾，以致使全家都陷入一种抑郁的气氛中。但是，当“蚕事的动员令在各方面发动”之后“‘希望’在老通宝和一般农民们的心里一点一点一天一天强大”起来，无端的怨恨与冲突逐渐被为家庭命运而奋力拼搏进取精神所冲淡，代之而来的是对自家整个“蚕事”的策划和行动，“他们都怀着十分希望而又十分恐惧的心情来准备这春蚕的大搏战！”因为这关系到一家人的生活，维系着全年的希望。当老通宝东借西赊，好不容易窝着的五张布子（蚕种）几天仍“不见绿影”的时候，全家笼罩一片“太紧张”的气氛里。此时，作品这样描写四大娘的行动：

> 幸而再过了一天，四大娘再细心看那“布子”时，哈，有处转为绿色了！而且绿得很有光彩。四大娘立刻告诉了丈夫，告诉了老通宝，多多头，也告诉了她的儿子小宝。她就把那些布子贴肉揾在胸前，抱着吃奶婴儿似的静静儿坐着，动也不敢多动了。夜间，她抱着那五张布子到被窝里，把阿四赶去和多多头做一床。那布子上密密麻麻的蚕子贴着肉，怪痒痒的；四大娘很快活，又有点害怕，她第一次怀着孕时胎儿在肚子里动，她也是那样半惊半喜的。

表面看来，这里并没直接描述四大娘心理活动，但字里行间又无时不在跳动着她活跃的思绪，她的一系列行动，无一不是她特定情势下情绪状态和心理活动的外在形式。她急切地把好消息告诉家人；她那抱着布子犹如孕育自己的子女、犹如抱着婴孩的神圣感觉，无一不体现了作为农家妇女对维系全家经济命运的蚕事的关切与重视。她以焦灼的心情盼着全家“希望”的成功。她思绪的跳跃决定了她行动的急切与一反常态：抱着蚕种布子，竟然“动也不敢多动了”。作家在表现人物此时特殊心理活动的时候，依循着人物思绪和情感的轨迹，抓住人物内心病的症结，即抓住了四大娘及全家担心“蚕神被冲撞”的感觉，合情合理地表现了四大娘的行动。在她对“蚕神”的敬仰与谨慎的保护中，在她那活跃的思绪里，读者看到了一个活灵活现的、独具魅力的农家妇女形象。

其次，作者还善于选择精彩的细节，描绘人物独特的神情，揭示人物心灵的奥秘。在整个蚕事的活动过程中，老通宝一家人的心理是十分矛盾而又复杂的，焦灼中充满了喜悦，惴惴不安而又夹杂着兴奋与期望。尤其是老通宝，几十年的生活经验使他不得不多一个心眼，蚕花好并不等于收入高，更不是说肯定就会生活好。因此，他在疑惑不安中，又演出了自己的拿手好戏，仍然按惯例占卜全家蚕事的前途，试图从中得到些许安慰或前景的暗示。他“拿一个大蒜头涂上一些泥，放到蚕房的墙脚边；这也是年年的惯例，但今番老通宝更加虔诚，手也抖了”。几天后，五张布子终于顺利进了蚕房，可谓取得了成功的第一步。但“老通宝偷眼看一下那个躺在墙脚边的大蒜头，他的心就一跳。那大蒜头上还只有一两茎绿芽！老通宝不敢多看，心里祷祝后天正午会有更多更多的绿芽”。好不容易等到“乌娘”在“蚕箪”里蠕动，样子非常强健，那黑色也是“很正路的”，全家人都放心地松了一口气。“但当老通宝悄悄地把那个‘命运’的大蒜头拿起来看时，他的脸色立刻变了！大蒜头上还只得三四茎嫩芽！天哪！难道又同去年一样？”这里，没有繁复的形容词语和冗杂的修饰语言，没有斑驳纷呈的环境展示，仅见的是老通宝在占卜全家命运过程中的几个细节。他那“手也抖了”的细微动作；他那先偷看一眼后又不敢再看的神情；他那“心中一跳”的感觉，以至他那爆发性的心理恐惧，自然而然让人从中深切地感受到他虔诚的希望、焦灼的担心。老通宝虽有几十年生活经验，对自己的命运却无力把握，只好把全家的希望寄托在虽然虔诚却十分愚味的“祷祝”上。这正是老通宝这样的老蚕农特有的心理与行动。作家正是抓住这一特点,用富有特征的线条勾画人物,用最经济的笔墨凸现人物的情态。虽落墨于点滴细节,却画龙点睛,淋漓尽致地展现了人物深层次的心理奥秘,因而显得深刻、形象、生动、真实、可信,老通宝的性格内涵也由此而得到了进一步丰富。

以上可见,《春蚕》的心理描写逼真传神、细腻深刻,毫无斧凿之痕,使作品获得了强大的生命力,表现了非凡的艺术功力。当然,这种功力并非单纯的艺术技巧,首先应该归功于作家对生活的精细观察和深刻理解。茅盾生长在江南盛产蚕丝的乌镇,家庭又与养蚕业有密切的联系,他不仅懂得“养蚕的知识”,更能深刻认识当时的社会,了解蚕农的所思所求。《春蚕》心理描写的成功,正是在此基础上取得的。

(原载安徽师范大学《学语文》1989 年第 3 期)

# 小通讯员形象塑造漫议

## ——读茹志鹃的小说《百合花》

短篇小说《百合花》在1958年3月号《延河》杂志发表后，很快被《人民文学》转载，并得到了茅盾等一大批著名评论家的赞誉，茹志鹃也因此而奠定了在当代文学史上的独特地位。多年来，作品并没有随着时间的推移而失去原来的艺术光泽，原因主要是作品成功地塑造了一个栩栩如生的小通讯员形象。在他身上，我们看到了解放军英勇献身、忠于革命事业的高贵品质。在他与“新媳妇”的交往中，我们看到了普通战士对人民群众的忠诚和普通民众对人民战士的敬仰与挚爱。从而歌颂了军民之间命运相关、生死与共的真挚情感，歌颂了人民解放战争的正义性，揭示了人民解放事业必然胜利的生活真理。他短暂的一生、尤其是他淳朴、优美的高尚心灵，犹如浓酒的醇香一样，久久留在人们的记忆中。

具体分析一下作者在塑造这个人物形象中的成功经验，对于进一步把握作品的内在意蕴，无疑是一件十分有意义的事。

通过叙事状物，逐步揭示出人物思想感情的内心层次，体现艺术形象性格的内在逻辑性，这是《百合花》刻画小通讯员性格的突出特点之一。

一个艺术形象的构成，自有其内在的逻辑的规定性。这种规定性又是融洽在形象的思想、情绪的丰富内涵之中的。情节，作为人物思想性格的历史，它的逻辑性也自然成为人物思想性格、心理情绪内在逻辑的外部表现。凡高明的艺术家，总是通过“微细纤末，罗列秩然”（严复语）的叙事描写来揭示人物思想情绪的层次，给人物形象以鲜活的生命。《百合花》就是随着情节事件的逐次展开，细细写出了小通讯员的情绪变化层次的。一个19岁的小伙子，刚刚进入革命军队，闯入生活的大门，心灵是那样的天真、单纯。他在女文工团员面前总是像姑娘一样的腼腆与羞怯。在去包扎所的路上，因为男女同行，他感到很不习惯，总不看“我”一眼；休息时，他把背向着“我”，“我”挨他坐下来，他“立即紧张起来”。这形象生动地描绘，客观地叙述了人物在特定环境中瞬间的心理动作。而这正是大多数处于青春期的男孩子在异性面前本能的反映。可贵的是，作品并没有将笔墨停于此，而是进一步通过精彩的描述，深刻揭示了主人公浓厚的主观因素，逐一剖示了他那独具特色的心理层次。“我”问他是哪里人？他“脸涨得像个关公”。我帮助他向新媳妇借好了被子，他竟不去拿，“扬起脸，装着没看见”；迫不得已，“才绷着脸，垂着眼皮”，去接被子，接过来抱起就走。由于慌张，衣服被挂破了；由于害臊，他“高低不肯”让新媳妇给他缝上。但在生死关头，为了战友和群众的安全，面对敌人扔过来的冒着烟乱转的手榴弹，他却毫不犹豫地扑了上去，不惜献出自己年轻宝贵的生命。这前后不同的行动，粗看起来，也许会被人认为缺乏必然的联系，缺乏内在逻辑性。但细细体会，就不难看出，小通讯员后来的英雄行为，作者是早有铺垫，注意了性格的内在逻辑性的。早在去前沿的路上，发现“我”走不动时，他就自动站在路边等着。离开时，还不忘给我两个馒头开饭。所有这些好像都是无关紧要的小事，但都为他后来的英勇献身，作了有力的铺垫，体现了性格发展的特定轨迹。从他短暂的一生来看，孩子式的天真，姑娘式的腼腆和英雄的无畏，在作者“富有抒情诗风味”（茅盾语）的描绘中，得到了有机的组合和充分地显现。小通讯员隐曲的心理思绪和性格的内在逻辑性，也随着这些有层次的客观描绘得到了合乎情理地剖示。在这里，作品的情节的铺展仅仅是小通讯员淳朴憨厚的性格特征、英勇无畏的献身精神和水晶般透明的内心世界借以展开的纽结和得以存在的主要依托，而人物性格的逐渐显现，又给情节发展增强了鲜明的层次感，从而使作品获得了引人入胜的艺术效果。

通过精彩的细节描绘，展示人物性格内涵的丰富性，是《百合花》刻画小通讯员性格的又一特色。

在一次青年文学创作者会议上，茅盾曾经发表过一个题为《关于艺术的技巧》的讲演，其中说道："善于描写典型的伟大作家不但用大事件来表现人物的性格，而且不放松任何细节的描写。"这是因为，细节是小说创作不可缺少的细胞。文学史上任何一个成功的艺术典型，都必须依靠一定的富有特征的细节来表现。缺乏必要的细节描绘，人物形象就会模糊、干瘪，失去艺术感染力，至多只能是作者某种思想观念的传声筒。茹志鹃是深知其中三昧的。在塑造小通讯员形象过程中，她没有满足于故事的一般性叙述，而是敏感地抓住一些极不显眼的细节，看去漫不经心，实为精雕细刻，使这些经过典型化的细节，灿若晶莹的珠玑，美如鲜艳的花朵，作为小通讯员性格的有机组成部分而闪烁着夺目的光彩。在这光彩的照耀下，小通讯员以他特有的个性和魅力而显得栩栩如生，活灵活现。你看，在紧张的战地生活间隙和不无险情的旅途中，小通讯员的"步枪筒里，稀疏的插上几根树枝"，"作装饰点缀"；后来，他离开包扎所时，他背的枪筒里不知什么时候，又多了一枝菊花，跟那些树枝在一起，在他耳边抖抖的颤动着。如果说，这些前后呼应的细节描写，在表现小通讯员作为热爱自然、向往美好生活，充满乐观情绪，又有几分稚气的青年战士形象时起到了一定作用的话，那么，小通讯员性格的另一面，即倔强、真诚、通情达理以及为人民利益勇于献身的精神，则完全是通过细节来表现的。比如，在新媳妇那里没有借到被子，他生气地说，"老百姓死封建"，"我"要带他去看看，"他执拗地低着头，像钉子似的，不肯挪步"，表现了略带稚气的倔劲。但"我"给他说明道理，他得知了被子是新媳妇的唯一嫁妆时，他又诚心地感到了歉意，并希望立即把被子送回去，又表现了可贵的通情达理。即使小通讯员一生中最有光彩的英勇牺牲一场，作者也没有肆意渲染，浓墨重彩，只是借担架员之口，淡淡地叙述了一个看去极其简单的细节："可谁知道狗日的反动派，不知从哪个屋顶上撂下颗手榴弹来，手榴弹就在我们人缝里冒着烟乱转。这时，这位同志叫我们快趴下，他自己就扑在那个东西上……"读到这里你不能不为他舍己为人的牺牲精神所感动。这淡淡的一笔，渗透着作者浓郁的感情因素，给人留下了充分的想象余地，与他并不复杂的生活经历联系起来,你不能不承认这是一个可敬可爱、具有丰富性格内涵的英雄形象。

通过由淡而浓,由疏而密、渐次完成的肖像刻画,增强人物性格的鲜明性,使读者得到更多的感情印象,这是《百合花》刻画小通讯员性格的另一特色。

在文学史上,大凡优秀的短篇小说,在人物塑造过程中,总是十分注意人物肖像刻画与性格特征的有机统一,即常说的形与神的统一,既要貌合,又要神随,而做到这一点,往往是十分困难的。所以,马卡连柯认为,人物的外观描写,"是小说中最困难的部分"。老舍在总结了自己多年的创作经验之后,也认为:"在短篇小说中,须用简净的手段,给人物一个精要的固定不移的面貌体格。"①成功的外貌描写、包括人物五官、仪表、举止、风度、笑貌、音容、服饰、穿着等一系列外在特征的勾画,是写活人物的重要手段。《百合花》在这一点上的主要成就是,在刻画人物肖像时,以性格特征为依托,真正做到貌合神随。在作者的笔下,通过"我"的眼光来观察一路同行的通讯员,由表及里,很有层次地把小通讯员的形象呈现在读者面前:"从背后看去,只看到他是高挑挑的个子,块头不大,但从他那副厚实实的肩膀看来,是一个挺棒的小伙子。他穿了一身洗淡了的黄军装,绑腿直打到膝盖上。"后来坐下来休息的时候,"这时,我看见他那张十分年轻稚时的圆脸,顶多十八岁"。随着故事的进展,作者又随时点滴的描绘渲染:"我"朝他宽宽的两肩望了一下"他飞红了脸,更加忸怩起来";在他受了重伤牺牲之前,"我看见了一张十分年轻稚气的圆脸,原来棕红色的脸色,现已变得灰黄,他安详地合着眼……"这样,小通讯员的肖像被描绘得很有层次,十分鲜明,与他那质朴、纯洁、略带稚气的性格特征是非常协调的。在客观上也使小通讯员性格更富有形象、生动的外表;让人很容易从感情印象入手,渐渐深入他性格的深处,领略他灵魂的奥秘。在这里,表与里、形与神、形象与性格的辩证统一,使小通讯员形象达到了神以形传,形以神立,形神相兼,因此,他的形象气韵生动、如立目前。

杜勃罗留波夫曾说:艺术家创造出来的形象是实际人生中各种事实的集中

① 《老舍论创作》,上海文艺出版社1980年版,第87页。

表现。小通讯员这一形象,是茹志鹃根据自己生活经历中一段“实际人生中的事实”创造出来的。从他身上,认识那个特定历史时期的“实际人生”,是把握作品的关键。但作者在塑造人物形象时阜越的艺术才能和功力,对于繁荣当前的短篇小说创作也是有着一定的借鉴作用的。

(原载烟台师范学院《语文教学》1987 年第 5 期)

# 《七根火柴》的结构艺术

王愿坚同志的短篇小说《七根火柴》发表已经数年，但它所独具的美学价值至今仍时时引起人们的注意，认真研究它的艺术魅力，尤其是它那独具特色的结构艺术，不仅有助于深刻理解和全面把握作品的思想内容，对于促进短篇小说艺术技巧的提高，繁荣当前的创作，也是很有意义的。

结构，是作品内容的艺术体现。按照法国16世纪“七星诗社”文艺运动领导人龙沙关于结构的学说，一部成功的作品，“在相当高妙的创造之后，美丽的结构跟着就会出现，因为结构与作为一切事物之母的创造相随，有如影之随形”[①]。这就是说，作为艺术形态的文艺作品的结构不是可有可无的、无足轻重的东西，而是为艺术的内容服务的。文艺作品的创造性，最终要通过它的艺术结构固定化、物质化而得以完善的体现。

王愿坚同志是十分重视小说的结构艺术的。他认为，短篇小说的价值就在于“用小去反映大，以部分显示整体，通过一雕栏、一画础，让人们看到整个宏伟的殿堂”。因此，在结构过程中，作者要善于“从总体上研究自己热爱和熟悉的生活，却又勇敢地抡起智慧的锤头，把生活砸破，敲开，从中精挑细选，攫取了那能‘见大’的小块；或者从一个独特的角度透视进去，抓住那能够显示全体的局部，然后开掘、提炼，使之典型化”[②]。在实际创作中，王愿坚也处处实践自己的这一观点，并

① 《法语诗艺简编》，见《文艺理论译丛》，1958年第3期。

② 王愿坚：《谜的启示》，见《王愿坚研究专集》，解放军文艺术出版社1983年版，第74页。

取得了显著的成就。短篇小说《七根火柴》就是其中优秀的代表之一。

这是一个仅有两千多字、几分钟就能读完的短篇,既没有波澜壮阔的场面和曲折离奇的情节,也没有叱咤风云的性格刻画和错综复杂的人物关系,整个故事写了两个因伤、病,因饥饿掉队的红军战士,各自以其特有的方式,表示了自己对革命事业的坚定信念,对战友的爱护和关怀。这在二万五千里长征途中的革命队伍中,本是随处可见的小事。但在作者笔下,生活的"小块"反映了工农红军惊天动地的英雄气概,反映了无产阶级战士淳朴而英勇的献身精神,揭示了长征所以胜利的根本原因。因此,作品具有巨大而又深沉的艺术魅力。这不能不归功于作者卓越的艺术表现手法,其中,结构艺术的作用,又是更为显明突出的。

《七根火柴》的结构艺术,首先突出地表现在,作者能够把握焦点,突出主旨。所谓焦点,就是作者希图通过艺术描绘竭力强调、能给读者以强烈感受的形象体系中最核心、最有光彩的部分。借助它,散光的生活断片才得以凝聚成形象整体,人物形象才能站立起来,自然地展现作品的主题。所以,"焦点"与作品所要表现的主题密切相关,它应该是具体可感的,有血有肉的形象图画。王愿坚是深谙此道的。他曾说过:"在许多革命前辈的斗争生活中,有的片断可以完整,充分地表现出人物的性格的特征,可是在有的片断里,人物精神的美都只是光华的一闪;这一闪虽然短,但却光辉得耀眼,令人心惊目眩,孕育着充沛的激情和发人深省的思想力量。我想,如果捕捉住这么一道光华,或者把从生活中感受到的这种美集中到一个有表现力的环境里;用尽可能省俭的篇幅描写下来,岂不可以精炼些?"①

在《七根火柴》中,作者着力刻画了一个无名的英雄战士。在他奄奄一息的最后时刻,把保存的七根火柴连同党证托同志带给部队。这七根火柴,是维系草地行军途中广大战士生命的火种,用生命保存这七根火柴,是无名战士年轻生命中"光华的一闪",也正是作者要突出的"焦点"。整个作品的布局,都是围绕这"光华的一闪"展开的。

① 《王愿坚研究专集》,解放军文艺出版社1983年版,第13页。

小说一开头，寥寥几笔的环境描写，就把我们引进了草地的湿漉漉、阴沉沉的气氛里，整个草地沉浸在一片迷蒙的雨雾和刺骨的凉风里。在这荒漠的环境和恶劣的气候下，长征部队已经因为没有引火的东西只好吃生干粮。这就形象地揭示了火种对于部队生存的意义，也为下文无名战士的崇高行动作了有力的铺垫和烘托。小说的主体部分正是刻画了位无名战士的英雄形象。这是一个完全躺在泥污中无力动一步的战士。这时候，一堆火、一杯热水和一点粮食，对他来说就是生命。但他推开了送到嘴边的面团，又拒绝了卢进勇要扶他一起追赶部队的好意，而让卢进勇从他腋窝里摸出了一个硬纸包和一张党证包在一起的七根火柴，希望战友带给更需要他的部队。在生死关头，他毅然把生的希望留给了战友。小说结尾部分，卢进勇含着眼泪，在无名战士的重托和崇高精神鼓舞下，天黑时分就赶上了后卫部队。火给战士带来了温暖，也带来了生的希望。这火光，照亮了无名战士对革命事业的无限忠心，照亮了革命征途的光辉前景。作者正是从长征途中无数可歌可泣的英雄业绩中，敏锐地攫取了在艰苦环境中保存七根“生命之火”这个焦点，饱含激情地通过一系列生动传神的细节描写和心理刻画形象而又深刻地展示了作品的主题。通过这个焦点，把散落的环境、情境、行动和细节等有机地凝聚起来，前后呼应，左右和谐地集中到一个点上，从而构成了作品完整的形象体系。

《七根火柴》的结构艺术，还表现在作者善于聚时间于一瞬，缩空间于一隅，在极短时间和极小的空间里，充分展示人物性格，最大限度地丰富作品的思想内涵。在现实生活中，矛盾冲突无时不有，无处不在，但短篇小说常常只给矛盾冲突时间上的一瞬、空间里的一隅，且在这一瞬一隅中，又有着具体的自然场景和社会场景的严格限定。因此，短篇小说中时间、空间对整个结构所产生的约束力之大，是显而易见的。作家艺术技巧之优劣，也由此可以得到充分的体现。鲁迅《一件小事》中时间之短、空间之小是十分典型的，但其思想容量之大、艺术魅力之大，也是为世人公认的。王愿坚的《七根火柴》也是如此。作者深知关键的瞬间足以载荷结构点的全部内容，便果断地剪掉时间链条上一切多余的部分，使情节显出惊人的凝练和集中。在行文过程中，作者采取纵剖面的写法，从较长时间的链条上,截取了两个环节:一是卢进勇与无名战士的相遇,七根火柴的移交过程。这是在几分钟之内完成的。二是卢进勇接过火柴迅速赶上部队,宿营地点起了簇簇篝火。前一点,在无名战士的整个生命中,是极其短暂的一瞬;后一点,则是其英雄行为带来的结果中一瞬间的表现。作家异常敏锐地发现这两个瞬间所蕴含的丰富内容,并把整个矛盾冲突紧紧的嵌进其中,使之成为无名英雄崇高思想境界中的真实写照,表现了深广的内涵和意蕴。

同时,作家对围绕"七根火柴"的环境形象进行做到了量的精简与质的扩张。鉴于作品深广的历史内容,作者完全可以组织更多的矛盾冲突,并放在不同的场景去展示。但作者在茫茫草地中选择了随处可见的一棵小树底下作为空间环境。这在长征途中,是极其普通的环境,正因为普通,反映出来后,也就更带普遍性。结果,只用了一个地点,一个主场所,一个次场所(部队的篝火),就轻而易举地达到了目的。红军英雄的性格火花在这狭小的空间范围内碰撞闪光,造成了一个高效能、高浓度的生活横断面,给读者留下了异常鲜明的印象。

《七根火柴》的结构艺术,也表现在作者善于抓准结构线索,连珠成串,把作品所要表现的生活片断通过艺术想象和虚构连缀起来。这个结构线索就是红军战士卢进勇。在表现无名战士英雄形象时,卢进勇起到了穿针引线的作用。他把无名战士的英雄行为在特定环境中的一些具体表现有机地连缀起来。失去了这个人物,或者说,没有他的特殊境遇,火种对于部队的生存的特殊意义也就无法表现,无名战士保存的"生命之火"也无法转到部队,他的英雄行为和崇高的精神境界也就无法显现出来。可贵的是,作者并没有把作为结构线索的卢进勇写成没有性格的"向导",不是可有可无的点缀,他的行动和作用不是消极的、被动的,而是积极的、主动的。我们时时可以想到,他是一个有血有肉的典型人物。他把维系自己生命的鸡蛋大的面团主动送给更需要它的战友,他不负重托把火种送给了部队。他和无名战士互相映衬、补充,形成了一个完整的艺术形象体系,体现了作品在结构上的和谐统一。

(原载安徽师范大学《学语文》1993 年第 2 期)

# 时代精神的写照　民族魂魄的传真
## ——朱晓平短篇小说《老兵冯喜》读后

他是一个老兵，一个很难引起我们注意的普通工兵部队战士。当了三年兵，抬了三年石头，打了三年风钻。他的生活是平静、刻板的，就连他的死也是平淡无奇，和正常的施工事故毫无二致。他是大海中的一滴水，沙漠中的一粒沙。他，就是朱晓平的短篇小说《老兵冯喜》（载《昆仑》1986年第4期）中的主人公——冯喜。

冯喜是太平凡了，他不像刘毛妹，从一度迷惘彷徨中走出来后，作为一个石破天惊般的英雄战死沙场而格外引人注目；不像梁三喜因家庭的变故，在成年累月地过着常人难以想象的艰苦生活中，忧国报国之心显得更加鲜红赤热；也不像袁翰，在尖锐的冲突中，有一个充分展示灵魂的良好时机。他爱发牢骚，牢骚中也常透出正直的锋芒，但不似靳开来那样嬉笑怒骂，无拘无束。作为一个默默无闻，忠于职守，在平凡的岗位上显露精神光彩的普通战士，他的生活缺少令人震撼的激情和惊心动魄的戏剧性故事。在被称为英雄主义文学的军事题材文学中.英雄形象的塑造有着举足轻重的位置，那么，冯喜这样一个积极要求入党却一直不能通过，当了四年兵连个副班长也没混上的名不见经传的小人物，作为主人公进入一篇作品，难道也能反映我军的精神风貌，揭示深刻的社会内容和具有鲜明的时代特色吗？这正是短篇小说《老兵冯喜》所要回答的问题。

朱晓平的答案是令人满意的。

长期以来，我们习惯于已经形成的一种现象，即以英雄主义为本质特征的军事文学创作，只有表现英雄人物的临危不惧、赴汤蹈火的英雄事迹，才足以反映我军的本质特征，体现强烈的时代色彩；只有那些忠于职守、舍己为人、不计得失、勤于奉献，有着高尚的行动和闪光的语言的军人形象，才能提高人们的精神境界，陶冶读者的道德情操。但在实际上，这些“英雄形象”常常被罩上理想的光环，作品被变成抽象的说教，并因此而失去了丰富的形象内涵和艺术感染力。待刘毛妹、靳开来等形象的出现，人们才恍然大悟。原来，英雄与非英雄之间并非隔着一条不可逾越的鸿沟，英雄恰恰是从非英雄而来，英雄的本质中常常会夹杂着非英雄的本色。英雄也和常人一样有七情六欲，有他的优点和缺点。这种英雄的出现，很快就打破军事题材文学中英雄人物的神秘感，消除了人们对英雄形象可望而不可即的心理距离。这种英雄形象毫不回避部队现实生活中的矛盾，在两种思想、两种品质的对立中，充分表现了革命英雄主义在人民中的力量的、道义的、人心上的优势，从而达到准确把握并形象反映我军本质特征的效果。正是从这个意义出发，我们才毫不迟疑地把“英雄”的桂冠与大兵冯喜的形象联系起来。

诚然，从现象和外观来看，冯喜似乎还不能称为英雄。因为他的有些言行与我们长期以来公认的英雄形象相去甚远。他积极要求入党，是希望能在部队当一辈子兵。他把部队看成是他的家，因为部队给他穿的、吃的、给他津贴，教他学文化，把他从一个无依无靠的孤儿变成一个战士。一个战士应该得到的正常待遇，却使他感激万分。这样的思想，如果表现在一个农民身上，人们也许会大加赞赏。但作为一个战士，人们是很容易把他指责为思想境界不高，仅有朴素的感情，没有崇高的理想的。然而，在评价冯喜形象时。不能仅仅以他的部分言行为依据，而应该把他作为一个完整的人，一个社会的人来进行全面考察。因为，作为一个艺术形象，“冯喜”所包含的意义已远远超过了形象本身。它实际涉及了怎样理解“文革”期间入伍的特殊一代战士的心灵，怎样认识当时条件下我们的军营生活的大问题。

我们看到的冯喜，是一个在心灵深处交织着复杂矛盾的人。他的心灵犹如一面镜子，这面镜子不但照出自己，而且照出了现实。他的心灵的波动，深刻地反映了潜伏在当时部队生活深层的思想意识上的矛盾和斗争，具有鲜明的时代性。冯喜常常骂自己说："格老子背时，撞到鬼喽！"他的"背时"，原因是他"不识时务"，并且"秉性难移"。他的一切功劳都被他的牢骚话抹掉了，辛勤工作的结果没有得到应有的表彰嘉奖。却常常是被点名、批评。这种"背时"的遭遇，冯喜自己是深知其根源的。他对当时的"气候"是有深刻的理解的，也有着"顺时"的对策，只是他不愿使自己的言行顺应当时的环境。这种以"真""善""实"为主要特征的性格使他对当时的社会产生了强烈的对抗情绪。他所说的喜欢部队是因为部队有饭吃的话，也许确实是冯喜真实思想的一部分，但从总体上看，这比起空洞的说教、不着边际的政治口号来，勇敢地说出真话、心里话，同志间真诚地交心，仍然是难能可贵的。尤其在"文革"期间，冯喜的性格一旦以独特的形式表现出来之后，更呈现出英雄的气质，美丽的色彩，闪耀着动人的光辉。

《老兵冯喜》的可贵之处还在于，作者在塑造冯喜形象时，进一步展示出人物性格的发展变化，为军事题材的文学创作挣脱狭隘的教条式英雄概念的拘囿，跨入从生活出发，个性化地、本色地写出带着时代烙印的英雄形象的开阔地带，进行了可贵的探索。在这篇小说中，朱晓平不是静止地孤立地刻画人物，而是在发展中写人，在历史进程中写人物思想性格的变化和发展，这种变化和发展具有令人信服的内在逻辑力量，烙有鲜明的时代印记。冯喜的形象，从一个侧面反映了我们伟大民族的精神风貌，集中体现了我军革命英雄主义的优良传统。同时也从侧面表现了极"左"的思潮虽然对"文革"时期入伍的战士有一定程度的毒害，也有一部分人因此而成为牺牲品。但是，有着优良传统的中国人民解放军，在任何情况下，革命英雄主义仍然是它的主流。

在小说的结尾处，当冯喜为了排除险情，坦然地走向死亡时，他的英雄性格得到了充分的体现。

至此，冯喜走完了他短暂的人生旅途，也完成了自己性格的塑造。他以全新的面貌、全新的姿态，树起了一个独具特色的英雄的雕像，从而丰富了军事题材文学创作中英雄典型的画廊。

我并不认为，这篇小说已有了足够的深度，也不是说，冯喜的形象已十分丰满，但作者从一个普通战士身上发掘民族精神、表现英雄气质、探索塑造英雄形象新路子的努力，对于繁荣军事题材文学创作，不是没有启迪意义的。

（原载四川《当代文坛》1987 年第 3 期）

# “老牛筋”形象塑造漫议

## ——马烽《结婚现场会》阅读杂记之一

高尔基说，文学是人学。在一篇小说中，人物形象塑造的成败，直接关系作品艺术性的优劣，决定着作品思想性的深浅。马烽的短篇《结婚现场会》之所以能立于优秀小说之林，主要原因是作品成功地塑造了王拴牛这样一个新时期具有鲜明个性特征的农民形象。

王拴牛是一个“年纪将近六十”的老贫农，“抗日时期当过民兵，土改时期是积极分子，出身好，劳动强，为人正派”。他遇事不随大流，处处实事求是，而这些都是以“犟”的形式表现出来的，因此得了个外号“老牛筋”。小说通过他对待女儿婚事前后态度的变化，着力刻画了“老牛筋”独特的内心世界和性格特征。

通过精彩的细节描绘刻画人物性格是小说塑造“老牛筋”形象的一个突出特色。早在1956年大女儿出嫁时，“老牛筋”不仅“没要过一个麻钱的彩礼，反而倒贴了几身衣裳，还陪送了一对箩头”。就在二闺女结婚的前一天，他也对老伴说：“咱就是穷得讨吃，也不能卖闺女。”但听说县妇联要开结婚现场会，并把县委书记也请来之后，他突然变卦了。小说正是以此为开端，通过一个个精彩细节的有机组合，充分展示了“老牛筋”那独特的性格特征的。

故事一开始，县委书记到山村去参加“结婚现场会”，吉普车还没进村，就遇到一个挡道的人，“只见他棉袄后襟上补着一块大补丁”，司机一再按喇叭，他毫不理睬，没有把牛往旁边赶一赶让路的意思。他旁边的墙上有一条大红纸写的标语:“热烈欢迎县委周书记参加我们大队的结婚现场会!”这一细节,使“老牛筋”那倔脾气开篇就得到了形象而生动的体现。“老牛筋”突然变卦,宣布一定要五百块钱彩礼,这在村里引起种种议论,影响了结婚现场会。为了“挽回僵局”,县委书记希望利用吃派饭的机会劝劝“老牛筋”。对于县委书记这样的“大干部”,“老牛筋”的招待是特别的,“一大盘拌着辣椒的酸菜,一人一碗玉茭、高粱糁糊糊,里边煮着几块山药”,“老牛筋”自己却没有动筷子,而是边抽烟,边看着县委书记就酸菜喝糊糊,并忽然问道:“这饭,怎么样?”看到这一细节,人们很容易发出会心的微笑。这哪里是招待,显然是在对付县委书记。正是特殊的招待,使“老牛筋”鲜明的个性放出了光彩。他的“对付”只是一种手段,目的是观察这位新来的“大干部”,用特殊的方式试试县委书记法能否体会农民的疾苦,他要根据自己的直接印象对客人作出自己的评价。如果这位县委书记也和有些人一样,对这顿确实难以下咽的饭流露出不满情绪,“老牛筋”不仅对他无话可说,赶他出门也是做得出来的。相反,书记实事求是的话初步得到了“老牛筋”的信任,尤其是听说了书记“走资派”的经历,使这位“老牛筋”“忽然出现了一点喜色”,并拿出了热酒、熟肉,开始了热情招待。可见,“老牛筋”的“倔”,是一个有头脑有见地的老农民的“倔”,看去似乎不通情理,实际上倔得可爱可敬。

通过个性化的语言刻画人物性格是本文塑造“老牛筋”形象的又一特色。《结婚现场会》的主要事件是“老牛筋”答应女儿出嫁不要彩礼,以后又突然变卦。在这个事件中,县委书记劝说“老牛筋”一段是全文的重点,也是“老牛筋”性格持征得到充分展示的重要一节,尤其是“老牛筋”和县委书记的对话,确能使读者闻其声如见其人。例如,县委书记进门后,出于关心,也为了解他家的情况,以便打开话路,开始对他的劝说,一连问了三句话,“老牛筋”都“没有正面回答”,只说了一句:“总算没有饿死!”接着直截了当地说:“五百块彩礼我是要定了。你们打算怎么处?是批判,还是斗争?我候着!”倔犟的话语中流露出对农村中长期推行极“左”路线的愤怒,对那些热心于运动、热心于整人的坚持极左做法的人抗议。不是“老牛筋”这样“倔”老头,在县委书记面前是不会讲出这样的话来的。俗话说，言为心声，语言是思想的外衣，是“思维的直接现实”（马克思语）。在生活中，人们生活经历、思想、感情的变化，必然会在语言上留下鲜明的印迹。“老牛筋”饱经世故，看到过“文化大革命”中的七斗八斗，亲身尝过农村政策经常变化的苦头，所以他说出了：“公家的政策还经常变咧！我个普通老百姓，空口说几句白话，就不许变？”他还当着书记的面愤愤地说：“我嫁闺女不是为了讨哪个干部喜欢！”这些话，坦率、真诚，富有鲜明的针对性，但又不失农民式的质朴。他所以敢以如此语气和一位初识的县委书记说话，一方面是由于他特殊的个性，一方面是因为十一届三中全会之后的政策给农村带来了新的希望，他相信共产党能够代表农民的利益。这不仅使人看到“老牛筋”鲜明的个性，而且不难感受到隐于其中的时代气息。

通过艺术对比突出人物性格也是本文塑造“老牛筋”形象的特色之一。妇女主任所发现的西岭大队三对不要彩礼的结婚对象，除“老牛筋”一家外，还有王顺喜、武成有两家。作品特地写了县委书记“家访”一段。当王顺喜见到县委书记时，“说了许多感谢的话，说县里领导能来参加他家的婚礼，他们全家都感到光荣，体面，这是做梦也想不到的事”。而到“老牛筋”家时，“老牛筋”只说了句“屋里坐”，“便转身把草筛里的草往槽里倒”。县委书记问他三句话，“他顶多回答一句”，语言中还时而流露出一种不友好的情绪。同一个村的农民，对待同一个县委书记，态度截然不同。两种不同的性格经作家的精心设计，互相撞击，迸发出耀眼的火花，把各自映衬的对象照得雪亮，使人倍感“老牛筋”性格之倔，给人留下了极深的印象。

如果说，这种“横向对比”使“老牛筋”性格更鲜明更突出的话，那么“老牛筋”性格的丰富性则主要是通过他自身行为的“纵向对比”来完成的。根据自己在农村的生活经历，“老牛筋”不止一次地看到，长期以来，有些干部借下乡检查工作之名，大吃大喝，走马观花，并不解决实际问题。“‘四人帮’打倒二年多了，村里还是老样子，断了骨头不接，只在外边抹红药水”。对此，“老牛筋”和大多数农民一样是极为反感的。他故意重新要彩礼，就是以特殊的方式表示的对这种情况的抗议。但经过考验，“老牛筋”发现新来的县委书记与以前有些人不同，尤其是他把结婚现场会"无形中变成了生产动员会"之后，"老牛筋"心中的疙瘩解开了，彩礼不要了。这前后不同态度的对比，既形象地展示了"老牛筋"以犟、倔为主导面的性格特征，又让人感到他是一个识大体、通情达理的新型农民。这样，"老牛筋"性格既单纯统一，又丰富复杂，是一个完整的、生动活泼又富有魅力的立体的艺术形象。

（原载江西师范大学《读写月报》1985 年第 1 期）

# 细节的魅力

## ——马烽《结婚现场会》阅读杂记之二

在马烽的短篇小说《结婚现场会》里，没有振臂一呼、应者云集的英雄，没有轰轰烈烈、大刀阔斧的改革场面，没有惊险奇幻的情节。有的是生活中随处可见的平常小事：一对青年农村男女自由恋爱、不要彩礼，女方父亲先是同意，后又反悔了。作品发表后很快赢得了读者的喜爱，并跻身于优秀小说之林。其成就的取得固然是由于作品深邃的思想意义，但作者卓越的艺术表现手法不能不说是作品成功的重要因素之一。在这方面，很大程度上又得力于作品的细节描写。

没有一堆堆细小的情况，也就无所谓纷繁复杂的生活，文艺家也就无法塑造出反映生活本质的艺术形象。很难设想，没有独特的细节描写，能写出引人入胜的故事情节，能塑造出个性鲜明的人物形象，能使得小说具有动人的力量。因此，任何作家无不注重对生活细节的选择、提炼与有机组合。马烽的《结婚现场会》也是如此。在作家的笔下，日常生活细节的熔铸，变成了"老牛筋"等一批活灵活现的艺术形象，构成了一幅幅具体可感的农村生活画面。纷繁复杂的生活化在单纯小巧的艺术细节之中，从单纯小巧的艺术细节又看到了纷繁复杂的生活真相，从而构成了《结婚现场会》这样一个完整的艺术肌体。

《结婚现场会》细节描写的特点主要表现在以下几个方面：

一、是通过细节描写展示时代特色，渲染环境气氛。在短篇小说中，构成时代特色、环境气氛的因素是多方面的。一个典型而真实的细节，也能够造成一种特定的环境气氛，并使读者情不自禁地随作品中的人物一起去探求生活的奥秘。《结婚现场会》开篇就写道:“那是今年一月下旬,也就是春节前几天。有天上午,我正在反复阅读不久前公布的《三中全会公报》……”这一细节,运用第一人称拉家常的形式,把将要发生的故事的时间首先给读者作了提示。随后作品特意写了一些看去极不显眼的细节,比如,“老牛筋”棉袄后襟上补着的那块大补丁;县委书记去“家访”时,看到王顺喜家的“院子很破旧”,以及“老牛筋”家的日常饭食的玉茭、玉米糁糊糊就酸菜等等。可见,十一届三中全会刚刚开过之后,“十年动乱”给人们留下的灾难还随处可见,农民生活仍处在十分艰难的境遇中。正因为穷,农村中才普遍存在着买卖婚姻严重的情况。当时的一些干部不从根本上找原因,反而热心于开“结婚现场会”,并“希望通过这次现场会,彻底根除买卖婚姻”。当“老牛筋”忽然变卦要彩礼时,武艾英、周铁娃以及一批小青年又要搞批判、斗争。这些细节,形象地展示了新旧交替时期特有的社会现象,刚刚进入新的历史时期的中国社会,不可避免地带有昨天的痕迹,人们的思想还没有彻底从“左”的束缚中挣脱出来,因此,他们的言语、行动均有着浓郁的时代特点。看了他们的言行,读者也会情不自禁地置身于当时的社会环境中去。

二、是通过细节描写刻画人物性格。作品的主人公“老牛筋”是一个遇事不随大流,处处实事求是、耿直倔强、疾恶如仇、勇于斗争的老农民。在刻画这一形象时,作者选择了一些生活细节,精心描绘,往往是灵睛一点,人物就跃然纸上了。你看!县委书记来参加现场会,吉普车还没有进村,就遇到一个挡道的,那就是“老牛筋”。“司机一再按喇叭,他毫不理睬,没有把牛往旁边赶一赶让路的意思”,这显然是故意的。县委书记要到他家吃派饭,他吩咐家里不要另做,让这位大干部和自己一样吃玉茭、玉米糁糊糊就酸菜。饭上桌之后,他自己却在一边抽烟,一边看书记喝糊糊,并忽然问道:“这饭,怎么样!”可见,这顿招待饭包含着一定成分的“对付”。正是这“对付”使“老牛筋”的性格放出了光彩。他“对付”是手段,目的是用特殊方式观察这位县委书记能否体会到农民的疾苦。这都形象地体现了“老牛筋”不仅性格很强,而且还是一个颇有心计的老农民,其中更不难体会到他对社会的高度责任心。这是因为,作为一个普通农民,农村买卖婚姻他本可以不闻不问的,干部的工作作风也不是他所能转变得了的。但"老牛筋"能以主人公姿态,用特殊的方式表示了自己对极左做法,对那些不抓根本而热心于搞花里胡哨的领导的抗议。其精神和斗争勇气无疑是可贵的。作家马烽鉴于自己对生活的独到发现,通过精彩的细节描绘、使"老牛筋"形象富有生气、具有立体感,性格鲜明、栩栩如生。

三是通过细节描写深化作品的主题。县委书记本想利用吃派饭的机会,劝说"老牛筋",不但没有成功,反而被他那朴实、犀利的语言和实事求是的态度打动了。他觉得"老牛筋""讲的是最浅显、最实际的道理"。在结婚现场会上,县委书记采纳了"老牛筋"的意见,没有按照妇女主任为他起草的稿子念,而是讲了"要想彻底清除买卖婚姻,关键是劳动生产,增加收入。尽快使社员富裕起来"。在这里,作品没有正面描绘那个到会上来"看热闹"的"老牛筋"的活动,却写了王二兰和郑云山"后补"来参加结婚典礼时,特意点了一笔:"老牛筋"让女婿开了一张"下一辈子还500元钱"的欠条。这一细节的出现,显然不是单纯为使故事有一个喜剧性结尾。如果仅此而已的话,开会之前就可以结束故事。小说的高明之处就在于,通过这一不显眼的细节深化了主题。本来,"老牛筋"改口重要彩礼,并非真心要钱,而是故意给那些"断了骨头不接,只在外面抹红药水"的干部们迎头泼一瓢冷水,让他们清醒清醒,"抹红药水"并不灵了。出于同样的目的,他对新来的县委书记进行了一系列试探、观察。虽然在开会前对这位书记已经有了好感,但真正得到他信任,是在书记把结婚现场会变为生产动员会之后。"老牛筋"最后不要彩礼实际上表明经过多年磨难的农民,对于"高调"已经不会轻易相信了。他们需要的是实事求是的作风,面对现实的态度。作品的主题正是随着这一细节的出现,得到进一步深化的。

综上所述可以看出,细节描写在《结婚现场会》中间是很成功的。作家从那些纷繁复杂的生活细节来再现生活的本质。一个个细节犹如一颗颗珍珠,闪闪发光,辉映全篇,使作品获得较强的艺术感染力。这应该归功于作家对生活的敏锐观察和非凡的艺术功力。

(原载安徽师范大学《学语文》1987年第2期)

# 大地赤子的英雄情怀

## ——谈贾鸿彬长篇纪实文学新著《开国大镇反》

早就想对贾鸿彬的作品发表一点议论，但因杂事缠身一直迟迟未能动笔。继《梦断上海滩》之后，短短几个月时间，一部约 50 万字的长篇纪实文学《开国大镇反》又摆到我的案头，这确实让我感到惊讶！我为鸿彬的毅力.勤奋和过人的拼搏精神所折服。在短短几年里，鸿彬写出了包括长篇小说《东北教父》《天津教父》和纪实文学《380 万军人之死》在内的 400 余万字的作品。鸿彬 1997 年加入中国作家协会，2002—2004 年被安徽文学院聘为首届“安徽省签约作家”，迄今依然是我省最年轻的中国作家协会会员之一。鸿彬是一名公务员，作为一个业余作家，其时间是屈指可数的，能在如此繁忙的工作之余潜心书斋，写出如此数量的作品，这是值得敬佩的。更为可贵的是，他所涉及的题材广泛，有许多是重大题材。在驾驭这些题材的同时，也显示了作者艺术上的功力，长篇纪实文学《开国大镇反》就可以看出这一点。

1950—1952 年进行的镇压反革命运动，和抗美援朝运动、土地改革运动一起号称“三大运动”，被载入共和国史册。贾鸿彬的《开国大镇反》是半个多世纪以来，首次以纪实文学的方法全景式还原这段历史的巨著。全书从中华人民共和国建国开始写起，追述了罗瑞卿奉命组建公安部的全过程。通过对建国初期反革命分子猖狂和残忍的揭露，无可辩驳地说明当时在全国开展镇反运动的迫切性和必要性。作品既从宏观上展现了党中央先后两次发布镇压反革命指示的全过程,又细致地描绘了解放军第 60 军 178 师政治部主任朱向璃、第 6 军 16 师副师长罗少伟等我军高级干部遭遇匪乱牺牲的具体细节,同时以这些重大历史事件为支撑点,全方位刻画了周迅宇、钟祖培、“双枪老太婆”赵洪文国、乌斯满、郭栓子等政治土匪“捣乱,失败;再捣乱,再失败,直至灭亡”的全过程。通过对“飞贼段云鹏”等当年一些具体案件侦破的回顾和对群众运动场景的真实还原,客观、细致地再现了当年全国各地对特务、恶霸、反动党团骨干和反动会道门头子惊心动魄的斗争。

作为新中国历史上第一次声势浩大的政治运动,镇压反革命运动使那些对新政权构成威胁的各种旧势力,尤其是恶霸、地主、惯匪、特务、国民党党团及军警政骨干分子,以及曾经杀害中共人员或给中共造成严重损害的分子,大部受到了严厉的惩罚,从而也极大地树立起共产党的权威,牢牢地稳固了新生政权的政治地位,特别是全面改善了许多地区原本十分动荡和混乱的社会秩序。因此,这一运动虽然“杀”“关”“管”的规模在中华人民共和国的历史上空前绝后,却得到了大多数人民群众的认可和赞同。

令人遗憾的是,对于这样一场稳固国基、影响深远的镇反运动,至今尚未见多少深入的学术研究,全方位的纪实描述尚为空白。其中原因,一方面与相关档案的开放程度低有一定的关联,另一方面,也许是更主要的,则是因为在建国后历次政治运动当中,镇反运动的作用向来在大陆学者的心目中争议不多。因为,以后的“反右”运动、“反右倾”运动、“四清”运动,乃至于“文化大革命”运动等等,档案开放程度同样很低,但由于反思的关系,明显地受到关注,并有了相当的研究成果。反映这些运动的纪实文学作品,更是佳作连连。所以,无论其情理如何,曲直与否,作为中华人民共和国成立以来历次政治运动之首的镇压反革命运动,总应有实事求是真实面貌还原,使人能了解其来龙去脉,探究其因果与影响。《开国大镇反》开了一个好头,在这方面做了有益的尝试,填补了红色纪实文学的一项空白。

其次,《开国大镇反》在文本结构上独具特色。全书对于整个镇反运动过程给予了宏观的描述,同时有把一些具体故事分阶段进行描述,使很多段落悬念起伏，扣人心弦。在激动人心的故事中，作者突出塑造了一大批镇反英雄，讴歌了他们捍卫新生共和国的英雄本色，收到了大而全却又不失密而实的效果。另外，《开国大镇反》在史料运用上尽量保持全貌，有些条例、发令等作为附录列于书后，既能让读者进一步了解镇压反革命运动的全貌，又能给研究者提供翔实的史料，颇具匠心。

列宁曾经说过："忘记过去，就意味着背叛。"关于《开国大镇反》的创作，作者的目的非常明确，就是"让历史告诉未来"。在序言中，他首先告诉了我们这样一个故事："一美学教授在课堂上讲到了歌剧《白毛女》。课间休息时，一位秀丽的女大学生满脸困惑地走到他面前问：'老师，喜儿为什么不愿意嫁给黄世仁呢？我真不明白，黄世仁有钱有势，嫁给他有什么不好？'美学教授不禁愕然……"听了这个故事，你会不会愕然？五十多年的时间，对于历史来说，不过是短短的一瞬；而对于个人来说，似乎是很漫长了。五十多年，会有好几代人出生，遗忘也似乎是在所难免，人类的记忆不由地出现断裂，晚生者与先辈们由此产生隔膜，历史被尘封了。但是，这隔膜是不是太深了，尘封是不是太早了？作为炎黄子孙，那苦难的岁月与根源不应该遗忘，即使是晚生者。

的确，我们已经进入新世纪，中国正在崛起，文化意识的多元、多变、多样越来越明显，但这并不是我们隔膜历史、尘封历史的理由。记住历史，其实是为了不让历史重演。从这个意义上说，《开国大镇反》引领着我们走进的不仅仅是尘封的历史，更是面对历史，我们应该拥有什么样的思索。

毋庸讳言，《开国大镇反》集传奇性、故事性、史料性、思想性为一体，深入浅出，融会贯通，是一部不可多得的纪实文学作品。其中所展现的对新生共和国的热爱，对镇反英雄的颂扬，一如既往地展现了贾鸿彬文学创作中的大地赤子心，笔端英雄情。

大地赤子的英雄情怀，一直是贾鸿彬文学创作中的不懈追求。无论是其农村题材的作品，还是其历史题材的作品，字里行间所闪烁的都是对乡土的眷念，对英雄的颂扬。热爱大地，呼唤英雄，是贾鸿彬艺术生命的核。

读贾鸿彬的作品，常常会被他浓郁的乡村情感、雄浑的英雄情怀所感染，从早期的《白》[1]、《面对青山》[2]到近年的“教父”系列小说，接连为我们提供了乡土、都市、历史等不同领域同一体验，在他的艺术世界里，社会、历史、人这些价值主体获得了新的定位和审视，作家自己的生命体验也融入其中，文本深层展示的是大地赤子的真诚和英雄情怀的壮美。透过其话语体系，我们可以深刻地感受到在他小说世界中流露出很深沉的大地精神和独特的现代诗性魅力。

我们生活在一个充满创造力的时代，也是一个呼唤和谐的时代，文学艺术中的大地精神和英雄情怀无疑是时代的需求，愿贾鸿彬在未来的创作中能够依旧保持大地赤子的英雄情怀，坚持“三深入”，践行“三贴近”，写出更多无愧于时代的作品来。

（原载 2006 年 11 月 24 日《滁州日报》）

---

① 短篇小说，载《青年文学》1991 年第 3 期。

② 中篇小说，载《清明》1992 年第 4 期。

# 时代的投影与人生的追求

## ——读赵淑侠的长篇小说《赛金花》

赛金花还在世时,她的故事就被流传被渲染了。后来根据她的风流生活写成的文学作品更是不胜枚举,这些作者大多站在封建士大夫的立场上,一厢情愿地凭着幻想编故事,主观武断地将赛金花写成身份下贱、人格低劣、人尽可夫的妓女。于是,便有了"瓦赛公案";便有了"此时锦帐双鸳鸯,皓躯惊起无襦裤"的描写。在这些作者的潜意识里,出卖灵肉的女人根本算不得是人,只是男人泄欲的工具,糟蹋糟蹋又何妨?既然如此,这些作品中的赛金花只能是性格模糊、形象扁平的普通妓女形象了。所以,当我读完由台北九歌出版社和北京十月文艺出版社先后出版的赵淑侠女士的小说《赛金花》(原名《红尘尽处》)之后,我的心情不禁为之一振。

赵淑侠女士为了写出一个立体的、鲜活的、符合历史真实的赛金花,她几经周折追踪赛金花当年的足迹,宁愿掉进历史的"陷阱",苦心搜索有关资料,并作了潜心的研究,总体把握后,站在时代的高度重新估价了赛金花其人。在作者看来,赛金花虽然是清朝末年的一个普通妓女,但由于她独特的经历,身上已经融入了更多的时代的因素,个体的人已经变成了社会的人。作品以当时腐败的时代、特定的社会情态和八国联军侵华事件为纬,以赛金花个人的一生遭遇为经,深刻讨论了当时社会中的女性的地位,无情地暴露了娼妓制度和纳妾制度的非人性,尖锐地批判了当时不平等的社会现实和丑恶本质,作品也因此获得了丰富的思想内涵。

这部小说以主人公赛金花的命运跌宕为线索，从她十六岁给洪状元做妾写起，到她年老色衰、贫病交加而死结束。（十六岁之前略写，童年的温馨和快乐仅是以后痛苦和灾难的映衬；后来的被迫卖身也只是一笔带过。）要想写活赛金花，选取这些内容是十分恰当的。但是，作品笔墨集中于此，意义还不止这一层。

赛金花的人生遭遇是作品透视生活的多棱镜，她人生的悲剧在某种程度上正是那个社会的悲剧。你看：无论是作为状元夫人出使国外、风靡京城；还是丈夫尸骨未寒、即遭驱逐；女儿被抢、儿子夭亡；以至后来的生活无着、重新沦落风尘以卖笑为生，无一不是社会使然。是当时的社会现实造就了赛金花这样一个奇女子。作品的锋芒所向是社会而不是个人。作者曾经说过："写作者不是一个私人，写文章的作用也不仅是表现唯美，选择了笔墨生涯，总负有一些责任。"[1]读完《赛金花》，我们感到，作者尽了自己的社会责任。

《赛金花》通过主人公的人生悲剧折射当时的时代背景，主要是通过两个方面完成的。

首先，在卓越的现实主义的描写中，展示赛金花已经很低的生活要求与客观条件无情限制的尖锐矛盾，揭示了中国封建道德观念的残酷性。

对一个女孩子来说，"十六岁，青葱儿一般的年纪，如果是一个好人家的女孩儿，不正是亲娘心头上的肉，亲爹掌上的明珠？"但是，十六岁的赛金花已经在烟花堆里足足浸了三四年。人生的艰辛和险恶在她小小的心灵上刻上了不可磨灭的印痕。此时的赛金花最基本的人生要求就是过上常人的生活。所以，当一顶轿子把她抬到洪状元家的时候，她认为，这轿子"把她抬离了旧有的一切，贫穷、屈辱、没有保护、任人摆布的日子已经过去了"。但年轻的赛金花恰恰没有意识到，这并没有从根本上改变她低于常人的人生地位。几千年中国封建的道德标准已经形成了一股不小力量的"胶河"，对于曾经哪怕是一度的"离经者"，它也会用特有的黏性把你缠住抓住，"一失足"的结果必定是"千古恨"。

嫁于洪状元为妾，赛金花自感身份卑贱，处处小心谨慎、察言观色，得让人

① 《赵淑侠女士谈创作》，载《东方纪事·小说卷》1987年1月版。

处且让人,希望用最虔诚的心态与最宽厚的行动去换取一个普通人妻的地位。但是,常常事与愿违,即使是在外国人眼中红极一时的“公使夫人”时期也不例外。在俄国,使馆的二等参赞缪征藩的当众羞辱,使“公使夫人”变成了“下三滥”;“非今馆”里,“公使夫人”仍被佣人明目张胆地用侮辱性的、轻贱的、肮脏的字眼议论着,什么“天生窑姐的习性!”什么“轻贱的人永远也贵重不了!”总之,“不是正路出生的人,就怎么都正不了”。在苏州悬桥洪状元府,到处是严肃的面孔、呆板的礼教,也常常有无端的怨恨和冷眼相待。在赛金花的生活环境中,有一张无形的网,紧紧束缚住了她的手脚;有一把无形的刀,在不断地挖剐她的心。一个弱女子,匹马单枪,要想冲出这张网,摆脱这刀,解决这尖锐的矛盾,需要什么样的努力,会有什么样的后果,这正是作者留给人们的思考。

其次,在赛金花悲剧性格的刻画中,揭示了客观现实对于人生的影响力和渗透力。

在赛金花的性格中,融入了诸多因素,如追求与退缩,坚毅与软弱,呈现出的是一个多棱形的矛盾的有时甚至是对立的性格组合体。其中,在人生道路上的进取精神和坚定的信念当是她性格组合体中的基本点。而像她这样有着特殊境遇的弱女子,环境的艰险与追求的障阻又往往会削弱其信心的坚定,她会不自觉地出现软弱的退却。就在这独特的奋斗和退却中,赛金花的性格呈现出鲜明的矛盾性。

一方面,她以常人少有的毅力追求着普通人的生活,表现了顽强的韧性;另一方面,她对社会的反抗又常常是以被动适应、委曲求全为基本手段,并在很大程度上依附于丈夫的地位。在强大的封建网络中,这个“靠山”就显得是那样的软弱无力。因此,她的反抗从一开始就潜伏着深刻地悲剧性。在从悲剧的反抗走进了反抗的悲剧的过程中,环境的影响与条件的制约,客观现实的无情逼迫,使赛金花本来单一的性格基因失去了原有的明朗,呈现了复杂的状态,有时甚至出现了反向行为。

你看,在洪家,赛金花以全身心的努力,争取重新做人。她想:“他们越认为我卑微,我偏要尊贵给他们看。”她以不服输的性格改变了抽烟、喝酒等坏习惯。

尤其是到北京后，她把家调理得井井有条，因而备受丈夫赞赏；在国外，与德国皇帝威廉二世夫妇的会见，与大英帝国威克多瑞亚女王的交谈，她都以聪明、美貌、可爱赢得了赞誉，使一些外国人改变了对中国女性的旧有印象。当丈夫以夫人相称、以情侣相待时，她感到了人生的幸福与甘甜；昔日陪酒卖笑的姑娘成了国际知名的贵妇，并随时与贵族王室、甚至帝后接触时，她感到“生活太美好了，像神仙赐给的宝镜，每拨动一下，就会出现一片意想不到的奇景”。

可惜，她的追求、她的奋斗是靠其丈夫的大树庇荫才得以结果的。所以，当丈夫政途受挫、支柱将倒之时，赛金花除了感觉自身罪孽深重并自我谴责、为丈夫分忧之外，别无他法。当丈夫去世、自己遭逐、生活无着时，原有的追求便迷失了方向，行错了航道，以至重操旧业、重落风尘，“灯红酒绿生张熟魏送往迎来”，重新转入了旧有的生活圈。她是封建制度的反抗者，但更是封建制度的牺牲者。

还值得一提的是，作者通过赛金花后半生遭遇的描绘，表现了一个普通人在艰难环境中对祖国和民族的一片爱心，揭示了时代的腐朽与没落。被逐出洪家之后，赛金花有过短暂地在上海红极一时的盛况，也有因生活无着、被迫投奔他人的辛酸。但国家危亡之时，赛金花却利用自己的一点微薄之力，为祖国尽到了应尽的义务。庚子之役中，与旧识八国联军统帅瓦德西的重逢，常常是文学家随心所欲糟蹋赛金花的“神来之笔”。在这里，赵淑侠女士却能深入历史又不陷于历史、更没有拘囿于前人的旧说，而是根据作品的寓意和塑造典型形象的需要，充满诗意地描写了“瓦赛重逢”。国难当头，自己处境维艰，赛金花却出于一个普通中国人的良心，不畏冒险犯难，与侵略者斡旋，义正词严，劝说瓦德西。和议时，她不顾人言之可畏，在幕后调停奔走，拯救北京居民，起到了当朝王公贵族没有起到的作用。而此时，那些重兵在握的王公大臣们又争着找赛金花拉交情、求庇荫。事过之后，为了灭口，却把她放逐回原籍，以防丑事泄露。其嘴脸之丑恶，人格之卑劣已暴露无遗。如此强烈的对比，更映衬出出身卑微的赛金花人格的高洁，品质的优美。

为了使赛金花的形象更为丰富、完整，典型形象更具有立体感，作者把她的对人生的探求置于历史深处，按照生活的必然律和可然律，既写时代风云，也写人物的衣食住行、儿女情长，挖掘人物深层次的性格特征，使人生的探求与时代大潮紧紧相连，与社会情态融为一体。这样，赛金花形象不仅折射出鲜明的时代特色，又显得真切可信、栩栩如生，具有生活的醇味。这，也许正是《赛金花》得以成功的关键所以在。

（原载广西大学《阅读与写作》1992 年第 10 期）

# 在广阔的历史背景下雕塑“怪人”形象

## ——评传记文学《文坛“怪人”——吕荧》

《文坛“怪人”——吕荧》是长篇传记文学《吕荧传》的部分章节，在这五万多字的内容中，作者以翔实的史料和流畅而又优美的文学笔调，将崇尚真理、追求正义的民主斗士与为人耿直、学风谨严的文艺理论家、美学家、翻译家融为一体，成功地塑造了吕荧这个独特的当代学者形象，为我国传记文学园地增添了一株香味芬芳的新花。

这部传记的突出特点，就是在广阔的历史背景下，将人物刻画与事件叙述进行有机组合，让已经逝去的吕荧同志以立体的、活生生的性格重又来到读者面前。作品从吕荧作为一个燃烧着愤激之情的青年学生，参加伟大的“一二·九”抗日救亡运动写起，到“文化大革命”高潮的 1969 被迫害致死结束，时间跨度长达三十四个春秋。在漫长的岁月里，吕荧的足迹又遍及北京、天津、上海、山东、安徽、贵州、湖南、台湾等省市，时而繁华的都市，时而冷僻的乡村；此时是宁静的研究机关，彼时又是阴冷的劳改农场。空间跨度也是很大的。传记作者运用娴熟的艺术技巧，“紧时间于一瞬”，“缩空间于一隅”，在经过精心剪裁的时空范围内，用极其经济的笔墨，生动地再现了吕荧的性格，真实地描绘了吕荧一生所走过的坎坷道路。其中既有他在抗日救亡高潮中，冒着杀头危险，在东北大学生集会上慷慨陈词，发表热情勃发的演讲的场面；也有在新中国大学任教期间受到牵强附会、无中生有的诬陷时，宁折不弯的动人情景。我们看到：在逆境中，好心的领导和同事给吕荧指一条脱身的“华容道”，他没有走。“在大是大非面前，他永远不会忍让，学不会谦和。”他是“孤傲的骑士”，是“一匹烈马，宁可葬身火海，也不会低下高昂的头颅！”他看到自己心爱的学生挥舞着批判资产阶级唯心论的大旗，罗列着普列汉诺夫、康德、黑格尔的罪状，把巴尔扎克、托尔斯泰、普希金称为资产阶级文艺的“迷窟”，他“心窝里像落进了一块冰”。落难时，朋友的友情，使他想到“严冬里的炭火，酷暑里的浓荫”。尽管身戴枷锁，思想的翅膀却飞上了高深奇远的学术太空。他总揽宏观、细察微末，经过日夜征战，使中西合璧，使百川归海，终于树起属于自己的美学旗帜。作品正是通过这些具有典型意义的生活侧面的生动描绘，使读者在不知不觉中认识了吕荧。看到他从一个有着雄辩的口才、豪迈的气概的爱国青年怎样成长为一个倔强自信、才华横溢的学者；看到他充分的自信、高度的自尊和强烈的自重。他对事业对真理的执着追求；对“莫须有”批判针锋相对的斗争；对朋友关怀的感激涕零，更使人感到他是一个有血有肉的、活生生的知识分子。

在吕荧性格刻画中，作品以吕荧性格为“主脑”，采取粗线条的简笔勾勒与个别片断充分展开，粗细描绘相结合的方法，不仅突出了吕荧性格的鲜明性，也增强了形象的立体感。关于吕荧的家庭、出生，作品没有像一般传记那样从头叙述，而是简略带过，点到为止。对于那些最能突出吕荧为人性格的重大事件或生活片断，作品则不惜笔墨，充分展开，精心雕刻。例如：“怪人”一章，通过吕荧在波及全国的讨伐“胡风反革命集团”案中一系列遭过，相当准确而又生动地表现了吕荧作为正直的知识分子，作为全国唯一敢于在当时就公开站出来为胡风鸣不平的人，不仅有着崇尚真理的理论家的勇气，而且有着追求正义的民主斗士的胆识。所以与吕荧交往甚密的著名作家骆宾基说，吕荧是“五十年代中国知识分子的骄傲”。再如“戴枷行”一章，将吕荧遭遇的悲凉与对事业的执着追求相互交织起来，在矛盾冲突的展开与推进中，使吕荧形象愈见丰满。朋友何满子的热情关怀，使他得以用“第一宇宙速度”翻译《列宁论作家》；胡乔木、冯雪峰等领导同志的支持，使他有条件树起自己的美学旗帜。这些既揭示了困境中的吕荧所处社会关系的复杂，也加深了吕荧形象的历史纵深感。一边是尔虞我诈、水火不容，一边则是真诚和善、慷慨无私，作品以这样复杂的社会环境为背景，塑造了吕荧那有着“强悍的生命”的坚强形象，也刻画出他栩栩如生的性格，读后给人留下了极深的印象。

作者先后访问过六十多人，向有关单位发出二百多封函调信。被访的有吕荧的亲属、朋友，也有同事与学生。作者掌握了一百多万字的第一手资料，对吕荧的生活、性格有较全面的了解。在写作时，经过慎重选择，运用到作品中，使作品充满了生活气息，也大大丰富了吕荧形象。

“传记文学”，顾名思义，应该既是传记，又是文学。《文坛“怪人”——吕荧》完全忠实于事实，但不是枯燥无味地记流水账。作品抓住吕荧的性格特征，用活泼的语言、生动的事例、恰当的描写，使通篇充满了浓郁的抒情色彩，真正把克丽娥（希腊神话中司历史的女神）算作九个缪斯（司艺术与科学的女神）之一，做到历史与文学的有机结合。字里行间充满了作者对吕荧不幸遭遇的愤懑与不平，对吕荧为人的赞叹与敬仰，使作品具有较强的艺术感染力。

《吕荧传》是一部 15 万字的长篇传记文学，现在我们仅仅看到三分之一，未窥全豹，就妄加评论，实在未免失诸轻率和鲁莽。我想，待全书问世后，更恰当的评价和深刻的分析一定会随之而来的。

（原载四川《当代文坛》1986 年第 4 期）

# 人生命运与情感波澜

## ——评传记文学《蒋光慈——宋若瑜》

在中国现代史上，蒋光慈是一个知名的革命者，是一个充满激情、卓有成就的作家。近年来，研究者们常常把笔触深入到他革命生涯和创作领域，并取得了相当的成绩。对于他的情感生活，虽有人偶然涉及，但总是泛泛提起或浅尝即止，更无深入的研究、系统地论述。这不能说不是一个遗憾。可喜的是，传记文学《蒋光慈——宋若瑜》的作者知难而进，凭着研究者的热情和学者的良心，重新打开了“蒋光慈——宋若瑜”的感情之门。在“赤日炎炎，旱魔肆虐；大地龟裂，禾苗枯焦，人畜用水都成了问题”的艰苦环境中，躲进小楼，历经一月，在蒋光慈逝世六十三年的忌日完成了这本感情传记。

在作者的笔下，蒋光慈——宋若瑜这一对“忠于华夏、热情奔放、纯洁赤恋”的情人，又活跳跳地来到读者面前；光慈的坦白、自主、富有才华，若瑜的任性、多感、周身散发着青春的气息，使人读后久久难以忘怀。正如一位诗人所说，有的人活着，但他已经死了；有的人死了，但他却仍然活着。光慈和若瑜正属于后者。这固然是由于他们闪光的业绩、革命的精神、纯洁的恋情。但更重要的是传记作者对传主所有生平资料的充分占有、准确把握、精心梳理，在深入传主情感世界进行深切体验的基础上，使蒋宋情感波澜起伏，使你读后不能不怦然心动。

传记首先是历史，是传主人生历程的再现，一部优秀的历史人物传记，应当是严谨的学术性和艺本性的完美结合，这就要求作者必须严格遵循“史”的真实。为了写出“历史的”“真实的”蒋光慈、宋若瑜及其爱情生活,为了找准蒋宋爱情的内在根源及其发展的必然,作者心甘情愿受苦,“自找麻烦”,翻山越岭去调查,探亲访友去考证,在各图书馆翻阅浩瀚的资料,从故纸堆中寻找珍贵的宝石。为搜集宋若瑜的有关资料,作者曾于一个午后去拜访郑州大书画家谢瑞阶先生,适逢先生外出。那天正是元宵节,中州城里,人流涌动,很是热闹。作者却一心无二用,把拎包往股下一垫,在石阶上一坐就是半天,天空飘雪,他也不为所动,谢先生为作者的诚意所动,热情接待之余,挥毫提赠:“哪怕是一点萤火,抓得住,便不要放松,积少成多,终可变为火炬。”

读完全书,我感到谢先生所期望的“火炬”已经在熊熊燃烧,“火”源则来自作品本身。《蒋光慈——宋若瑜》体现了作者审美意识的能动反映,体现了作者对传主的深刻了解和深厚的艺术表现力,体现了作者对蒋宋情感波澜的准确把握和再现,让读者在情感的波澜中感受到了时代的脉搏。

蒋光慈的一生,是革命者的短促的一生,是他在艺术道路上孜孜不倦追求的一生。在他的一生中,革命工作和创作生涯固然有其耀昭的光芒,但他与宋若瑜的爱情生活更能展现他性格的底蕴,展现时代的风云。他们梦寐相追相求前后七载,相识刚刚一年,同居仅仅一个月,两个人就永别了。这短暂的幸福是令所有人羡慕的,也是令人惋惜的。这苦苦的追求,反映了传主对爱的执着,也映照他们为人的执着,对事业的执着。作者正是抓住执着追求的共同特性,形象而又深刻地反映蒋宋之爱的深厚基础。

对祖国的深深的爱,是他们性格的最基本点,也是他们最显著的共同之处。蒋光慈原名蒋如恒,中学时代改名侠生(侠僧),后想往革命,追求光明,遂改名光赤,大革命失败后,又依谐音改“赤”为“慈”。学生时代的光慈,面对破旧的河山忧心如焚,“他常常俯视呜咽奔流的大江,遥望被战争破坏的村落,鸟瞰荒凉萧条的江城,思索着中华民族危亡的命运”。他有时又低声吟诵岳飞的《满江红》、陆游的爱国诗章,抒发自己的一腔爱国热情与抵抗侵略、整治河山的伟大抱负。他自号侠生,表示“一定要做个侠客,杀尽这些贪官污吏,削尽人间不平”。后来,他又痛恨卖国辱民的北洋军阀政府,发展到愤世嫉俗,想离开混浊的世界去当和尚，故将侠生改为“侠僧”。与蒋光慈爱国热情相似，宋若瑜虽然才十四五岁，仅是一个女子师范学生，却和同学们一道，“在清明上河图一般热闹的马道街上，在高大威严的相国寺，在金碧闪熠的龙亭，在象征忠奸的潘杨湖畔，在高耸入云的铁塔旁，漫步探古，纵论国事，指责时弊，展示各自的宏伟抱负和远大理想”。鉴湖女侠秋瑾的英勇事迹曾给她留下深刻印象。在学校召开的女界国耻大会上，宋若瑜登台讲演，朗读秋瑾“秋风秋雨愁煞人”的诗句，详列卖国贼的罪行，愤世嫉俗，情感浓烈，声泪俱下。她还和男同学一道参加抵制日货的爱国行动。蒋光慈和宋若瑜，一个在扬子江畔，一个在黄河之滨，同是“五四”产儿，爱国热情把他们的心连到了一起，当宋若瑜谈到蒋光慈的有关诗作时，两颗滚烫的心开始接近。若瑜由敬佩而热心了解光慈的为人，进而主动写出了热情洋溢的信。人们常说，世界上没有无缘无故的爱，蒋宋之爱当然也是如此，是“爱国”之红线把他们连接起来。传记作者正是在充分占有大量材料的基础上，把握住了两位传主的脉搏，挖掘了蒋宋之恋的深层的思想根源。

蒋光慈炽热的爱国热情温暖了宋若瑜的心，蒋光慈非凡的才华也赢得了宋若瑜的敬佩。作者用自己的敏锐的眼光，抓住了蒋宋之恋的另一重要切合点，即对文学的兴趣和对文学事业的共同追求。“五四”以后，新文学运动曾给有志青年提供了广阔的舞台，蒋光慈正是其中的佼佼者。宋若瑜由对蒋光慈的敬慕进而对文学产生了浓厚的兴趣。作者写她为了能与蒋光慈志同道合，同舟共济，“为东方奴隶们摇旗呐喊，为中国革命播鼓助威”，着意写到了她遍读中外名著的情景，“她看到拜伦被迫离开英国，表现出来的坚毅不屈的精神”，看到拜伦“用暴君的血液来灌溉自由之树”的诗句，她全身热血沸腾，恨不能马上奔向上海，去和光慈并肩战斗。在这里，文学的感染仍然是以爱国热情为基础。光慈从事文学创作是为了神圣的事业，若瑜喜爱文学作品，一边是因所爱之人的缘故，但更多的是共同追求的契合。

以火燃火，以心换心，心心相印，是燃起蒋宋爱情的又一“火”源。男女恋爱是有多方面原因的。有的是利益与美貌的交换，即所谓的郎才女貌或女才郎貌，有的是权力与美貌的交换，从严格意义上说，这不是恋爱，是交换。真正的恋爱是在志同道合基础上,深层次的互相理解、支持、沟通。蒋宋之恋则属于后者。在蒋宋往来函中,我们看到了这样的默契。蒋说:“我是一个诗人,古往今来的诗人,特别是革命性的诗人,没有不飘零流浪的。我对于人类,对于社会,怀抱着无涯际的希望。”但是,“上海为中国资本主义最发达之地,为帝国主义压迫中国民众表现最明显之地,金钱势力,外国人的气焰,社会的黑暗……唉!无一件不与我的心灵相冲突!”“我现在的确是寂苦烦闷!在这样冷酷而混沌的世界中,像我这种人是应该过寂苦烦闷的生活的。”宋若瑜对蒋光慈的理解可谓是透彻的、深层次的:“我知道你的精神生活是很枯寂的。”“我友!你的精神生活枯寂,我的精神生活又何尝有乐趣!……幸而我还能自慰,不然,我早就流于悲观自杀!”在理解基础上的沟通,在安慰中寄托了希望,正是这种理解、沟通、心心相印,使这一对痴情男女相追相求先后七载,仍能始终不渝,在爱情史上应该是值得书写的一笔。这也反映传记作者敏锐的眼光与透彻的对生活的感悟能力。

《蒋光慈——宋若瑜》在艺术表现上还是很有特色的,突出表现在,它不是静止地写传主的事迹,而是写传主的心理、动态。比如,对由家长所订的童养媳王书英,蒋光慈是又同情又惋惜,他们之间由于思想观念的差距,很难结合为夫妇,蒋光慈的心情是矛盾的,对父母之命,他有自己的主见,对王书英守他多年而不得如愿所犯“错误”,他又深表同情与理解。对宋若瑜父母对他身世的怀疑而引起的“明察暗访”,他也表示了应有的宽宏大量。这就体现传记作者在叙述人物活动始末时,没有简单化概念化,而是用传主自己的行动,把他的举止、心态呈现在人们面前,仿佛我们就是观众,而让传主在舞台上“表演”,这就使我们看得真切,传主也表现出自然可信的动态感。

传记作品同时也是创作,属文学之列。这就使作者完全可以依据客观的史料,进行合理的虚构,渗入创作主体的生活感受。《蒋光慈——宋若瑜》在这方面的尝试可以说是较为成功的。在对大量史料潜心研究、完全吃透的基础上,运用合理想象,把零乱的思绪联结成一个有机的整体,编织成一个个相互沟通、秩序井然的递进环节。比如,在开封老家,宋若瑜躲在闺房中,读着蒋光慈传情撩拨的信札,“一次又一次点燃起处女奔腾的情思,荡起了酝酿已久而又深藏不露的情爱的碧波”,其间作为初恋中少女宋若瑜的形神兼备、栩栩如生的“甜美和忧伤”的神态。又比如宋若瑜父母由于对女儿命运的关心而引起的担心,对蒋光慈“人心隔肚皮,虎心隔毛衣”的疑虑等,都是作者无法实际掌握的。但传记作者充分发挥他的艺术感悟能力,根据对传主人生阅历、性格特征的把握,不仅使情节生动活泼,引人入胜,把读者带到特定的氛围中,而且也深切地感受到历史的真实及历史原貌的再现。

《蒋光慈——宋若瑜》在艺术上的又一特点是,语言的优美洒脱,特别是那些抒情性的文字,词言精湛,音韵和谐,准确而又恰如其分地表达了作者的主观意图,同时具有较强的艺术感染力,从而大大增强了这部作品的文学性与可读性。

(原载 1996 年 5 月 14 日及 1996 年 6 月 4 日《海南开发报》)

# 新星在昏暗的夜空中闪耀

## ——读传记文学《叶紫——一颗富有而又饥饿的星》

当我翻开江苏文艺出版社的《东方纪事》杂志1987年第三一四期，读着传记文学《叶紫——颗富有而又饥饿的星》的时候，老实说，开始是带着一种消遣和好奇的心情。在中国现代文学史上，叶紫是有着独特的经历的革命作家，他生活的困窘与成就的显著形成巨大反差，早已引起评论者注目，但以“饥饿”与“富有”为题为叶紫作传，这还是第一次。我是叶紫作品的爱好者，自然要拿来翻翻。然而，读完之后，我的心却不能平静了。作品有真实精细地对主人公性格的描绘，有令人难忘的主人公命运史的展示。这对于任何一个有志于文学事业的人，或者是正在踏踏实实从事其他工作的同志，都能给予很大的触动和有益的人生启迪。

作为一篇成功的传记文学作品，《叶紫——一颗富有而又饥饿的星》的突出特点就在于，对叶紫形象刻画时，紧扣主人公对革命文学事业的不倦追求，围绕生活与事业的尖锐冲突展开故事，着力表现了他坚韧不拔的毅力，揭示了他丰富的内心世界。作品从1930年叶紫“闯入上海滩”写起，通过短短几年的文学活动描绘，充分展示了他在令人难以想象的困境中，不犹豫，不退缩，披坚执锐，义无反顾地从事文学创作，从一个无名小辈，一跃而成为引人注目的，左翼文坛新星的过程。其中既有对当时复杂的社会环境和革命斗争的泼墨渲染，也有对家庭生活小事的精心素描，总体把握与细部描绘结合得恰到好处，使人物性格具有充分的立体感和整体感。

有人说,从事文学创作需要安定的环境、良好的心情;过多的干扰,特别是精神上的重负难以驰骋文思,甚至不可能动笔写作。叶紫的成就和经历使此论就显得片面乃至浅薄了。他所处的是怎样的环境啊!缸底朝天、断顿饿饭的情况,在他家里常事;一边是孩子啼饥号寒,一边是老母、妻子的责备与求告;被市井小人嘲为"西装瘪三",他可以充耳不闻,照走自己的路;稀饭搭小菜,他能安之若素;唯有血淋淋的往事在他脑子里折腾,如翻江搅海。高度的革命责任心,对当时社会的敏锐洞察力以及对文学事业的酷爱,促使他拿起了沉重的笔。当年的农村生活,血泪遭际,流亡经历和军旅生涯都在他笔下升华,被赋予了新的意义,成为一篇篇佳作,源源流出;成为一面面镜子,映照出新老军阀割据下农民的生活和斗争。热爱、同情、僧恨、鄙弃判然分明。他的解剖刀直刺那个社会藏垢纳污的要害。使你不能不感到,这些作品,不仅是他眼里流着泪,而且是醮着从心底涌出来的血,一字字刻出来的。传记的作者正是通过这些饱蘸感情的描绘,使叶紫形象栩栩如生,活灵活现地来到读者面前的。

从作品本身来看,作者还善于在掌握大量第一手资料的基础上,对叶紫生活片断进行精心艺术剪辑和有机组合,形象地揭示了叶紫在革命文学道路上得以走向成功的社会因素。作品在描写叶紫奋斗的过程中,以生活对他的激励与启导为重点,同时着意写到了鲁迅的支持和鼓励。创作未必是为了获得鼓励,而鼓励则常常能促进创作,特别是对初登文坛的青年。我们看到,叶紫有了新作,鲁迅常常是第一个读者。他认真阅看、批改,如同对待自己的作品。他总是用铅笔在原稿上进行修改或提出意见。他还为叶紫向刊物推荐作品,联系印刷厂家,并为之收转稿费。当叶紫在创作上感到困惑时,他热诚地开导;当文思不畅,运笔艰难时,又用自己的经验进行启发。与此同时,友人陈企霞、聂绀弩、萧红、萧军、张天翼对他事业的理解、协助与经济上的无私支援,无一不是对叶紫在文学道路上奋进的鼓舞和鞭策。正因此,不管环境和事业何等艰难,叶紫的创作激情总是像破石而出的泉水,喷迸跳跃,源源不断。

这篇传记文学内容丰富,文笔生动活泼流畅,颇有文采。作者将个人的命运与社会的因素有机交织,从大处着眼,小处落墨;使我们清楚地看到了叶紫如何在困窘的生活旅途中进行艰难的跋涉。在他的成就里,渗透着令人心颤的血和汗,也蕴藏着丰富的生活哲理。歌德曾经说过:“一个人,即使驾着的是一叶脆弱的小舟,但只要舵紧紧掌握在他自己手中,他就不会任凭波涛摆布,而有选择方向的主见。”这,也许正是这篇传记文学留给我们的有益启示。

(原载湖南《益阳地委党校学报》1987 年第 4 期)

# 鲁达性格塑造漫议

## ——读《鲁提辖拳打镇关西》

《水浒》在刻画人物性格方面的成就是突出的。它所描绘的人物达几百个之多,其中有不少鲜明的性格给人们留下了极深的印象,鲁达就是其中之一。

《鲁提辖拳打镇关西》(见初中语文课本第一册)选自《水浒》第三回。全文篇幅不长,却成功地塑造了一个生动的艺术典型——鲁达。我们看到,鲁达为人慷慨直爽,粗犷豪放,心地朴直。在救金氏父女的仗义行为中,我们看到了他对受欺侮、受凌辱的下层人民的同情与关怀;而三拳打死镇关西,则表现了他对权豪势力、地痞恶棍的憎恶与仇恨。他这种“杀人须见血,救人须救彻”的精神,使我们赞赏中更带几分敬意。而他集莽撞、粗鲁、机警、精明于一身的性格,更使我们感到他是一个活生生的人。

把生动的场面描绘融于不断推进的情节发展之中,让人物性格在其自身的言行中逐渐显现出来,这是本文塑造鲁达性格的一个突出特点。

作为叙事性文学作品,小说创作的中心任务是刻画出典型环境中的典型人物。而作为社会关系总和的人,总是生活在错综复杂的矛盾斗争之中,其性格只能在特定的社会环境中形成和发展。任何一个成功的典型形象都只能是通过具体的生活事件和人物关系体现出来的。有经验的作家在塑造典型形象时,总是抓住一个个场面即人物得以活动的、或大或小的具体情境进行形象描绘,并把它们有机组合,构成作品的情节,在情节的不断推进中,让人物自身的言行体现性格发展的历史。《鲁提辖拳打镇关西》在刻画鲁达性格时就是如此。

作为《水浒》中刻画鲁达性格的重要章节之一，它在情节发展上具有相对的完整性。全篇集中写了一个故事——救金氏父女出虎口。在故事的不断发展中，作者选择了一系列场面，如：鲁达在酒楼与酒保对话；听金氏父女控诉并慷慨解囊；拳打镇关西；机警地离开现场等等。在对一个个场景的描绘中，故事由起因、发展到高潮、结局，鲁达性格也在其自身的言行中犹如剥笋般自然而然地展现出来。

我们第一次认识鲁达，是在潘家酒楼上的一个整齐华美的小房间里。作品一开始，就通过酒保和鲁达的两句简短的对话，勾出了鲁达性格的轮廓。作品写道，那酒保"一面铺下菜疏果品案酒，又问道：'官人，吃甚下饭？'鲁达道：'问甚么！但有，只顾卖来，一发算钱还你。这厮，只顾来聒噪！'"这里，没有复杂的交代，没有冗长的描写，更没有点滴表情神态的直接描绘，然而，鲁达的直爽粗犷已为读者感知。情节向前推进一步，我们又可以看到，当听了金氏父女的控诉之后，鲁达一改当时因哭啼声给自己带来的"焦躁"与"气愤"，对金氏父女寄予了深切的同情。他不仅拿出银两发付他们父女逃出虎口，而且急乎乎地要去把那个"腌臜泼才"郑屠"打死便来"。作者对鲁达这些言行及后来打死镇关西场面的精彩描绘，使鲁达疾恶如仇、见义勇为的性格，在他那看去似乎过于莽撞的行动中得到了进一步深化、突出。而打死郑屠以后的心理活动及不露声色地脱身则恰如其分地表现了鲁达的质朴、机警。我们是否可以这样说，作者在这里采用了纵（情节发展）横（场面描绘）交错的表现手法。而在每一个纵横交叉点上，人物性格的一个侧面都闪出了耀眼的火花。通读全篇，使人感到，由这火花组成的五光十色的整体——性格的整体，给读者留下了极深的印象。

通过精彩的细节描绘展现人物的性格特征，是本文塑造鲁达性格的又一特色。

茅盾曾经说过："善于描写典型的伟大作家不但用大事件来表现人物的性格，而且不放松任何细节的描写。"[①]这是因为，细节是小说创作不可缺少的因

① 茅盾：《关于艺术的技巧——在全国青年文学创作者会议上的讲演》，《茅盾评论文集》（上），人民文学出版社 1978 年版，第 65、66 页。

素。任何成功的形象，都必须依靠一定的富有特征的细节来表现。缺乏必要的细节描绘，形象就会模糊、干瘪，失去艺术感染力，至多只能是作者某种观念的传声筒。《水浒》的作者是深知其中三味的。鲁达救金氏父女逃出虎口的故事，本身不须精雕细刻，就可以说明鲁达是一个路见不平、拔刀相助的有正义感的人。但作者并没有满足于故事的一般性叙述，而是敏感地抓住了一些极不显眼的细节，看去漫不经心，实为精心刻画，使这些经过典型化的细节，灿若晶莹的珠玑，美如鲜艳的花朵，作为体现鲁达性格的有机组成部分而闪耀着夺目的光彩。在这光彩的照耀下，鲁达形象生动可感，具有相当的深度、力度。

鲁达听了金氏父女的控诉后，作品先写他大骂郑屠，并对李忠、史进说："你们两个且在这里，等洒家去打死那厮便来！"并急乎乎要冲出去。李忠、史进无法，急忙"抱住"他，后又"三回五次"才劝住。这里仅用一个"抱住"相劝的细节，就把一个莽鲁达的神态刻画得活灵活现，他那疾恶如仇的性格也自然而然地显露出来了。文中还有一个"二两银子"的细节。鲁达为了救金氏父女出走，自己身上的钱不够，想从李忠那儿借一点，但小气的李忠仅从身上"摸出"二两银子，这使鲁达大为不快。作者在这里写了"鲁达把这二两银子丢还了李忠"一句，似乎是漫不经心地一笔带过，但在客观上起到了突出鲁达性格的作用。正是在小气的李忠的对比映衬下，鲁达的仗义个性才呈现出新异的色彩。如果说以上细节在表现鲁达莽撞、仗义性格特征时仅是起到了一定的作用的话，那么鲁达性格的另一侧面——质朴、精明、机警，则完全是通过细节来表现的。你看！在打死郑屠之后：

> 鲁达寻思道："俺只指望痛打这厮一顿，不想三拳真个打死了他。洒家须吃官司，又没有人送饭，不如及早撒开。"拔步便走，回头指着郑屠尸道："你诈死，洒家和你慢慢理会！"一头骂，一头大踏步去了。

读到这里，你会感到，鲁达莽撞中更带几分精明，而害怕吃官司后无人送饭的担心更有可爱的质朴。让你不能不承认这是一个栩栩如生，立体可感的典型性格。

这一点一滴的细节，看起来很不显眼，但从整体上看，正是在这些细小材料的有机组合中，鲁达逐渐形成了一个完整的艺术形象，在读者的心目中具有鲜明的立体感。正如鲁迅先生所说，这些细节“虽然细小，所得却更为分明，再以此推及全体，感受遂愈加深切”①。这也是人们对鲁达形象至今不忘的原因之一。

（原载陕西师范大学《中学语文》1984年第11期）

① 《鲁迅全集》第四卷，人民文学出版社1972年版，第104页。

# 话说花袭人

花袭人,《红楼梦》中的一个重要人物,她在贾宝玉的生活中所占的地位,仅次于钗黛;若论日常的密切关系,则又远过于钗黛。

据《红楼梦》介绍:"原来这袭人亦是贾母之婢,本名珍珠。贾母因溺爱宝玉,恐宝玉之婢无竭力尽忠之人,素喜袭人,心地纯良,克尽职任,遂与了宝玉,……更名袭人。"很明显,袭人是贾母十分器重的一个"人材',而"与了宝玉"则是袭人千载一逢的好机会,为她的生活道路开辟了一个在她看来是辉煌灿烂的前景。贾宝玉是贾府统治者们理想寄托之所在,是他们心目中名副其实的"命根子",是最有希望承袭官爵、传宗接代的继承人。更何况,宝玉又是一个纯真厚道、痴情体贴、聪明出众、神采飘逸的年轻貌美的贵公子。在袭人来说,努力争取到宝玉的心,赢得老祖宗贾母及其他家长的赞许,对将来作宝玉"屋里人"以至"姨娘",是有关键性意义的。

关于如何实现自己的理想,袭人是有着十分精明的打算的。当初,她"服侍贾母时,心中眼中只有一个贾母;如今服侍宝玉,他心中眼中又只有一个宝玉",颇有些"痴处"。为了取得宝玉的欢心,她服侍得可谓尽职尽责,体贴备至,宝玉睡下后,她"摘下通灵宝玉来,用绢子包好,塞在褥子底下,恐怕次日,带时冰了他的脖子"。当然,这不过是做好本职工作而已。而与宝玉同领警幻所训之事,"初试云雨情",就有点以自己的美貌和肉体做交易的味道了。但她在长期的接触中,逐渐发现宝玉是一个"见了姐姐就忘了妹妹"的人,怡红院里漂亮的丫环有的是。如何才能巩固自己在丫环中“第一把手”的位置，以至实现更高理想，她不得不把眼光向上，寻求靠山。于是，以特有的精明，她选准了王夫人。

要赢得王夫人的信任，送礼行贿，袭人没有资本，要出卖肉体，又不是对象。怎么办？正在袭人一筹莫展之时，生活为她提供了一个施展“才华”的良机。那是在宝玉因“琪官儿和金钏儿姐姐的事”发作，被贾政痛打之后，王夫人心疼儿子被打，对那些与宝玉“作怪”的人特别痛恨的时候，袭人顺着王夫人的思路，不显山不露水地打了一个小报告。她从“二爷一生的声名品行”立论，诉说她对宝玉在大观园里“日夜悬心”，她的“处置”二玉的“丑祸”的建议，免得“那时老爷太太也白疼了，白操心了”的担心，深深地，单刀直入地迎合了王夫人对宝玉的培养意图，深得了王夫人的赞赏：“你方才和我说的话，全是大道理，正合我的心事。”于是决定“索性把他交给你了”，内定了袭人的姨娘位置。

细细想来，袭人的小报告，确实很高明。如果，袭人借东窗事发去落井下石，说宝玉与谁纠缠，那不过是一个“告密者”形象。而她却避开事件本身不谈，一番大道理，大有世人皆庸我独高之势，震动了王夫人，也令王夫人对其另眼相看，而对她大道理掩护下谋私欲，恰恰是王夫人所没有觉察的。这也正是王夫人的悲剧所在。在实际生活中，袭人的这种以“大道理”作“小报告”的钻营术仍有较大的市场，晴雯、芳官等死在这“大道理”的利刃之下，就是惨痛的教训。对“袭人们”的“大道理”，我们还是要小心为妙。

（原载《喜剧世界》1996 年第 2 期）

# 小红“走红”

在《红楼梦》中，有一个小丫鬟林红玉，是荣国府男仆林之孝的女儿，因“玉”字犯了宝玉的“玉”，人们就改称其“小红”。她“细挑身材”，生得“十分俏丽干净”。父亲是奴仆，又没有别的门道，小小年纪就在怡红院“女承父业”，干起了丫鬟这一行当。虽然怡红院“级别”甚高，小红本人的位置却一直很低，知名度更小。她在宝玉身边工作多日，宝玉连她的名字也不知道。在具体工作中，她甚至连给宝玉送一杯水的资格都没有。她曾经趁机进屋给宝玉倒了一次茶，没想到事后竟遭到了同为丫鬟的秋纹、碧痕劈头盖脸地训斥：“没脸的下流东西……你也拿镜子照照，配递茶递水不配！”一番抢白，把小红臊得无地自容。聪明伶俐的小红，身处逆境，想“红”却很难“红”起来。然而，不甘寂寞的性格，使小红“壮志未酬誓不休”。她密切注意一切动向，抓住一切机遇，充分施展“才华”，不红则以，一红就红得大红大紫。

那是在芒种节，她与好几个丫头一起在滴翠亭说笑，只见凤姐儿在山坡上招手儿，小红便连忙“弃了众人”，跑到了凤姐跟前，堆着笑问：“奶奶使唤做什么事？”凤姐本不认识她，但见她“生得干净俏丽，说话知趣”，也就委派了她一个事。结果，小红干得利利索索，说得清清楚楚。因此深得凤姐赏识，很快调到了凤姐身边，还要认着干女儿，连去清虚观都有她的份，大有“长长远远的在高枝上儿”的趋势。

小红走红，细究起来，一是她善于钻营。为了攀上高枝，谋取高位，她不惜挖空心思。她的本职工作是在院子里干一些浇花喂鱼喂鸟除草之类的粗活，对这些她一点兴趣也没有。工作中她敷衍塞责，“院子里花也不浇，鸟也不喂，茶炉子也不烧”。干什么呢？一门心思“妄想痴心的向上攀高”，“每每要在宝玉面前现弄现弄”，瞅准机会送个茶呀水的，以取悦于主子，求得赏识。即使在恋爱问题上，也有她自己的独到之处。她与贾芸在怡红院“一见钟情”。李嬷嬷传唤贾芸进园，小红巧妙地刺探贾芸的信息，她哄骗坠儿作媒介，搞调包计，挑逗贾芸，欲作桑间濮上勾当，可见其心机确实非同一般。二是小红钻营成功确实有一定的环境和条件。在宝玉那里，有秋纹、碧痕等人的监督，使其无法插足。而在凤姐那里则不同。凤姐本人就喜欢那些能说会道、献媚讨好的乖巧奴才。谁围着她身边转，投其所好，谁就有好处。至于其他比如人品、德行等，凤姐是不大考虑的，这也就使小红这类人物有机可乘了。现实生活中，这类现象还是经常可以见到的！

（原载 1995 年 12 月 6 日《羊城晚报》）

# 时代风云与命运纠葛

## ——看电视连续剧《乡亲》

由著名导演赵焕章执导的八集电视连续剧《乡亲》,由中共安徽省委宣传部、中央电视台影视部、中共滁州市委、安徽电影制片厂联合摄制。近期在电视台播出后,引起了良好的社会反响,得到了广泛的赞誉。

《乡亲》反映的是某乡村退伍军人赵广仁和外出打工知识青年克芹、广兰等重返家园,开发农村,建设农村,带领乡亲们集体致富奔小康的故事。作品形象生动地描写了两代农民在致富道路上各自的实践活动和不同的价值标准、精神状态,展示了计划经济向社会主义市场经济转换过程中,新老两代人的思想性格差异以及传统观念与现代意识的矛盾冲突,也展示了当代农村的变革图和当代农民的心态图。

从实践和精神两个领域的融合来展现改革的进程和社会发展的大趋势,这是《乡亲》的突出特点。在部队曾是副业标兵的志愿兵赵广仁退伍返乡,乡镇党委准备安排他到镇多种经营办公室工作。在一个小小的乡镇,这可是不少人求之不得的"肥缺"。广仁未来的岳父岳母也十分高兴,但广仁有自己的见解。回村后,他目睹了困难户家福一家的穷苦遭遇,目睹了未来岳母兴满婶的"为富不仁"。凭一个共产党员的责任心,他感到两极分化不是我党富民政策真正内涵,共同富裕才是我们的目标。他自信有创业的信心和本领。而现任村长广林并无能力担此重任。他经过慎重考虑,毅然决定辞去"好差事",留在村里带领大伙开发水面养殖,矛盾冲突也由此而产生并逐步激化。先是他的未婚妻家梅和她的母亲兴满婶的不理解，兴满婶用女儿不嫁他作威胁，后是村长广林感到自己的位子受到了威胁而从中作梗。广林和妻子巧凤散布流言，故意刁难，给广仁的工作带来了极大的不便。但广仁并没有被困难所吓倒，他组织筹办的农工贸股份合作制公司在重重困难中立住了脚，越办越红火。这不仅赢得了克芹、广兰等青年的敬佩，也赢得了老一辈农民绍奎等的信赖。赵广仁坚韧的精神力量和脚踏实地的实践证实了一个客观存在：改革不可能一帆风顺，但改革的大趋势是任何力量也挡不住的。

以独特的情感结构托起深厚的历史内容，从历史的纵深上开掘改革生活，这是《乡亲》的又一突出特点。《乡亲》的情感结构是错综复杂的。有广仁与家梅、克芹之间的情人情感，有家梅与兴满婶之间的母女情感，有广仁与家福之间的亲友情感。在各种情感的交叉碰撞中，人们深切地体验和品味到了追求新生者的艰辛与痛楚，传统文化负载者的忧愁与苦恼，在观念转变中追求自我价值者精神的升华与困惑。广仁与家梅本是“天生的一对”，也情投意合，但新的生活环境使他们情投有余，意合不足。在是否去镇里当干部的问题上，家梅顺理成章地站在了母亲的一边。你能责怪兴满婶母女吗？当然不能。观念上的差异与追求目标的不同，是广仁和家梅分手的内在根源。也正因为思想观念上的相近，使广仁与克芹逐步走近并相爱的。当然，他们的相爱是艰难的，他们有着常人难以理解的痛楚与困惑，但阵痛后的升华给他们在事业上和情感中都展现了全新的境界。个人的事业如此，个人的情感如此，改革开放的大业又何尝不是如此呢？

《乡亲》在典型人物的塑造上还是有一定特色的。主人公赵广仁年轻、热情、善良、有思想、有观点以及他刚从部队回到地方对地方情况的不熟悉，都被作者刻画得形象生动；老一代农民绍奎、兴满、金贵等虽然生活在同一片土地上，性格的差异也是显而易见的。兴满婶与巧凤同属自私和搬弄是非之辈，由于年龄和所处生活环境的不同，性格的演进也显露了不同的轨迹。这说明，作者对农民的生活是熟悉的，对农民的热爱和关注是真诚的，反映农村生活是有独到之处的。如果,作者能在典型性格的个性化上再下一番工夫,那么,该剧给人们的印象将会更加深刻。

(原载《安徽宣传》1996 年第 6 期)

# 细节的功能

巴黎《星期报》有一位编辑意保利特·卡斯狄叶，曾经著文攻击巴尔扎克创作中的细节描写，巴尔扎克在小说创作中，不但“用特殊的例子创造性格”，而且还用“琐碎的事例夸大性格”。巴尔扎克认为，这种无端的指责实际上是对自己的一种誉扬。在回敬那位编辑的攻击时，他说，所谓生活，“无非是一堆细小的情况，而最大的热情就受这些情况管制。在现实中，一切事物渺小卑微，在理想的崇高领域中，一切变伟大了”①。确实，没有无数的小水滴，就没有浩瀚无垠的大海；没有一堆堆细小的情况，也就无所谓纷繁复杂的生活；没有一块块砖瓦，建筑工人就无法造出美丽、壮观的楼房；没有一堆堆细小的生活情况，文艺家就无法塑造出反映生活本质的典型形象。所以，任何杰出的作家无不重视对生活细节的选择、提炼与有机组合。在他们的笔下，千姿百态的生活细节的熔铸，变成了一个个活灵活现的艺术典型，构成了一面面人生的镜子。繁杂庞大的生活化在单纯小巧的艺术细节之中，从单纯小巧的艺术细节又更集中地看到了那繁杂庞大的生活真相，从而造成一种理想的崇高领域——不朽的艺术。

具体探讨一下细节在创作中的功能，对于繁荣当前的短篇小说创作，无疑是一件有意义的事。

根据优秀作品提供的经验，我们可以看出，细节的功能大致表现在三个方面。

---

① 巴尔扎克：《致〈星期报〉编辑意保利特·卡斯狄叶书》。

一是经过高度典型化的细节描写可以使人物性格更鲜明、更突出。读过航鹰短篇小说《金鹿儿》的，大概不会忘记挽在金鹿儿辫子上的那个金发卡。在日常生活中，女同志在辫子上戴一个金发卡，是平常的一件事。航鹰正是在这平常的生活里挖掘出了不平常的新意。作为一个爱美的、热爱自己本职工作的女青年，金鹿儿喜欢戴金链的发卡，一方面是为了漂亮，另一方面也是为了“抬头卖货”的方便。原来，金鹿爱低头卖货，这不符合要求。戴了发卡，一低头链子打耳朵，这就警告她要抬头。当“我”让她在讲作用时，只讲抬头卖货，金链不打耳朵，不要讲什么漂亮不漂亮时，金鹿坦率地笑了：“为什么不能说，我要向所有的人说，我爱美，爱美的人才爱生活！”这话说得何等好啊！这一细节，既形象地说明了对生活美的追求和为人民服务的思想是可以统一起来的，也生动地突出了金鹿儿作为新的历史时期有思想的女青年鲜明的个性特征：她爱自己的工作，也爱美。她在执着地追求美的生活的同时，并不忘记自己为人民服务的本职工作。如果说，金鹿儿有着作为商业工作者的过硬的工作本领，但在衣着上不修边幅，或者是爱美又不愿在口头上承认，除了说明她是一个“劳模”以外，似乎很难看出她性格中还有其他内涵。金鹿儿性格也就会和一般女青年一样，流于平面，很难给人留下深刻印象。作家航鹰鉴于自己对生活的独到的发现，通过精彩的细节描绘，使金鹿儿的形象富有生气，具有立体感，形象鲜明，可敬可亲又可爱。这不正说明了小细节有着大作用吗？类似的例子，我们还可以举唐宋传奇中蒋防的著名小说《霍小玉传》中的一个场面。那是临死前的霍小玉和背信负心的李益会面：“玉沉绵日久，转侧须人。忽闻生来，跃然自起，更衣而出，恍若有神。遂与生相见，含怒凝视，不复有言。羸质娇姿，如不胜致，时复掩袂，返顾李生。感物伤人，坐皆欷歔。”本来，霍小玉因为思念李益，怨恨李益的负心而病倒了，而且“沉绵日久”，以致“转侧须人”，听到李益到来之后，她却能“欻然自起”，轻快得像一阵风似的起来了，而且还打扮了一下自己。这似乎违反了一个疾候沉绵的病人的常态。但正是这样的细节描写，充分地展示了霍小玉对李益的思念之情，也说明了李益对霍小玉生命的重大影响。霍小玉对李益既有着深切的恨；也有着深切的爱。强烈的爱和强烈的恨的交织，使临死前的霍小玉痛苦着、矛盾着。想到当初的爱情,她不能不痛苦,她的“时复掩袂”正是对自己红颜薄命的怜惜和悲叹。想到爱情,她又不能不对李益的负心而愤怒。所以,当她与李益相见时,“含怒凝视,不复有言”,这“凝视”,凝结着多少幽怨、愤恨,然而,她只是“不复有言”,并没有骂李益一句。由此可见,她性格是深沉的、娴静的,少女的庄严与娇贵还没有在她身上完全消失。两年的痛苦的煎熬,使她洗净了少女的稚气,她内向了,也深刻了,但毕竟是柔弱的。应该说,作者对霍小玉性格的描绘是细腻的,饱满的。也正因此,人们在这个看去很平常的细节描绘中,不知不觉地认识了霍小玉,看到了她那深奥的内心世界,从而认识了她那独特的具有立体感的性格特征。

可以看出,经过高度典型化的艺术细节,确实可以表达丰富的性格内涵,能给人以极深的印象,这是再多的平庸叙述也无法达到的艺术效果。从一粒沙子看到大千世界,从一个细节看到人物的性格特征的艺术妙趣,在这里得到了形象而又生动的体现。

二是经过高度典型化的细节描写在短篇小说中可以推动情节的发展。这里有两种情况,一是一个细节只出现一次,二是同一细反复出现。

在实际生活中,构成人们完整生活过程的内容常常离不开那些不起眼的生活细节。一个微不足道的细节,有时会变为人物思想发生突变的触发点,进而影响人的行动。这种“细枝末节”,经过作家的典型化,反映进文艺作品,常常可以起到推动作品情节发展的作用。契诃夫的小说《小公务员之死》中就有这样一段细节描写。小公务员切尔维亚科夫,在戏院里看戏时,“觉得幸福极了”,“可是忽然间”,他打了一个喷嚏,把唾沫星子喷到了一个老将军身上。这本不算一件大事。但这事偏偏发生在小公务员与将军之间。这就使小公务员终日惶惶不安。他害怕将军以后记起这件事对他不利。于是接二连三地向将军道歉。这就构成了《小公务员之死》的完整的故事情节。作品的矛盾冲突以“打喷嚏”为开端继续向前发展。作家紧紧扣住主人公的三次道歉,充分表现出将军对小公务员无休止道歉的勃然大怒,大叫一声“滚出去!”小公务员竟因此吓破了胆,“就此……死了”。这是矛盾的最后解决。故事情节发展顺理成幸,合情合理。很显然，“打喷嚏”这个不起眼的细节，在作品中有着举足轻重的作用。完全可以说，没有这个细节，就没有这篇小说。契诃夫的另一篇小说《吻》中还有这样一个细节：生活在非常空洞、贫乏、没有光彩之中的军官里亚包维奇，仅仅因为黑屋中的一个错吻而神魂颠倒，以致产生了一系列痴迷不悟的思想，做出了一系列近乎滑稽的行动，从而构成了一连串的故事情节。小公务员切尔维亚科夫的打喷嚏，军官里亚包维奇在黑暗中所受的一个错吻，这在生活中是既不稀罕也不相同的两个细节，但在作品中所起到的作用是相似的，它们既是事件的起因，也是联系人物关系的媒介，从而构成了小说情节发展链条中不可缺少的环节。

能产生同样效果的还有另一种情况，即同一细节反复出现，并自始至终贯穿全篇，牵动人物之间的各种纠葛、矛盾、冲突，标明情节推进的各个不同阶段。鲁迅小说《药》里的华小栓，通篇没讲一句话。作者别具匠心地写了他的六次咳嗽的细节。并把小栓的咳嗽在时间上与取人血馒头、康大叔伪善欺诈的高谈阔论、人们在议论夏瑜狱中斗争时的愚昧神情相对应，在整体上与华、夏两家的命运联系起来。用咳嗽的加剧映衬小说情节的推进，显示悲剧的发展，以至在他发出最后一声“拼命咳嗽”时，悲剧发展到了高潮，从而完成了主题的体现和形象塑造。茹志鹃的《百合花》中，小通讯员上衣肩膀处的破洞，反复出现四次，牵动了几个人物之间的关系、矛盾和纠葛，表现了通讯员与新媳妇之间从闹别扭到感情完全融洽一致的过程。在情节发展上，也和华小栓咳嗽一样，起到了前后照应的作用，使人感到情节发展脉络清晰，一气呵成。

三是经过高度典型化的细节描写可以使作品的时代、环境气氛更为浓烈。在短篇小说中，构成时代、环境气氛的因素是多方面的：除故事的结构、人物的塑造、情节的处理、环境的描绘等等因素以外，细节的真实与否，也常常能够决定作品是否具有时代感，是否具有特定的环境气氛。在一篇谈创作的文章中，夏衍同志曾经说过：“我以为最难表现的是时代脉搏”，一部作品，如果“不把这种时代气氛表现出来，故事和人物实际上就脱离了实际生活”，而脱离了实际生活的作品，根本就不可能使读者“身临其境”，自然也就不可能产生感染力。因此优秀的作家们在创作中总是十分注意时代、环境气氛的描绘。而那些具有浓郁的时代气息和环境气氛的短篇佳作,常常离不开细节描绘的功劳。一个典型而又真实的细节,能够造成一种特定的环境气氛,并使读者情不自禁地进入其中,随主人公一起去探求生活的奥秘。茅盾的著名小说《春蚕》对小火轮的细节描写就是这样。在中国近代史上,小火轮的出现可以说是外国资本主义侵入中国的象征。茅盾在作品中多次写到小火轮,借以深刻地反映资本主义经济已经深入到中国穷乡僻壤的现实。主人公老通宝自成家以来,凭着养蚕的辛勤劳动,"挣得了二十亩的稻田和十多亩的桑地",还有"三开间两进的一座平屋"。自从小火轮开进了他面前的这条官河,"田里生长的东西就一天一天不值钱,而镇上的东西却一天一天贵起来"。他那正在"发"的家开始"败"下来了,祖上遗留下来的产业越来越少,"现在已经没有了自己的田地,反欠出三百多块钱的债",生活日见艰难,常常要把南瓜当饭吃。所以,老通宝总是"满脸恨意地"看着那小火轮。这也难怪,老通宝亲眼看到了,在那条官河上,"赤膊船"在小火轮的威逼下,不堪一击。这可悲的现实,形象地体现了当时中国经济基础的薄弱,生产力的低下和生产工具的落后。作品正是通过这小火轮的细节,反映了旧中国自鸦片战争以来被动挨打的屈辱历史,揭露了当时中国国民党统治的腐败无能。读者随着小火轮的不断出现,就会情不自禁地进入当时的时代。

鲁迅小说《伤逝》里写了一个仅次于涓生、子君的重要角色——小狗阿随。作品中有一段阿随回家的细节描写。那是子君被父亲接回去之后,在一个阴冷的上午,涓生正在"空虚和死的寂静"中沉思,忽然"耳中听到细碎的步声和咻咻的鼻息",他睁开眼,"看到地面,却盘旋着一匹小小的动物,瘦弱的,半死的,满身灰土的……"这时涓生的"心就一停,接着便直跳起来"。他看出,"那是阿随,它回来了"。这是涓生极不愿见到的,它却合情合理地回到了涓生的身边(既然阿随是被放出去的,当然有回来的可能),并且带着一副极其难堪的形象回到了它的老家。这顿使涓生的家中笼罩着一种悲哀的气氛,这气氛渐渐地凝固了。那在死亡线上挣扎的阿随,不正是深爱着阿随、此时已经离去的子君悲惨命运的象征吗?从阿随那奄奄一息的相貌上,不正使人感受到"死于无爱的人们的眼前的黑暗”,仿佛“还听得见一切苦闷和绝望的挣扎的声音”,这是涓生无法忍受的,也是读者无法忍受的。仅此一个细节,就把作品中伤感、悲哀的气氛渲染得如此浓烈,这也是使作品产生了动人心弦的艺术效果的重要因素之一。

通过以上粗浅地举例分析,不难看出,细节,作为文学作品中细腻地描绘人物形象事件发展,典型环境的最小单位,不仅可以使人物性格更鲜明、突出,推动情节发展,而且还可以使作品的时代、环境气氛更为浓烈。它给作品以血肉,使艺术肌体充满了生命的活力。因此,我们可以说,细节在小说创作中有着巨大的作用,细节是艺术作品具有生命力的关键环节之一。当然,我们强调细节的功能,并不是说,只重视细节描写,忽视整体的统一。就一篇小说来说,由细节构成情节,由情节构成故事整体。细节是为整体服务的,离开了整体追求所谓精彩的细节描写,其结果是可想而知的。正如歌德所说:“要是你画一幅风景画,斤斤于细节的描绘,而不向着整体的概念破浪前进,你就会一败涂地地丧失目标。”[①]因此,我们还要追求细节描绘与艺术整体的有机统一。

〔原载吉林《江城》(短篇小说月刊)1984 年第 6 期〕

① 歌德:《自然的单纯模仿、作风、风格》,见王元化译《文学风格论》,上海译文出版社 1982 年版。

# 附　　录

# 叶紫小传

在中国现代文学史上，20 世纪 30 年代的无产阶级革命作家叶紫占有重要的位置。他如同彗星一般匆匆掠过 30 年代文坛。虽然他在世间仅仅生活了 29 个年头，创作生涯仅短短六七年光景，却为我们留下了近百万字的珍贵的文学遗产。

1910 年 11 月 15 日（夏历庚戌年十月十四日）黄昏时分，叶紫出生于湖南省益阳县月塘湖乡余家垸的一栋农家瓦屋内。同一天，这家一个刚刚两岁的孩子，因为家境贫寒，缺医少药，不幸早殇了。叶紫的出生给家庭带来了一些慰藉，使整个家庭处在且悲且喜的氛围中。

1916 年，6 岁的叶紫离开余家垸到兰溪镇，进了益阳县第七学区兰溪高等小学读书。1922 年，12 岁的叶紫赴省城长沙，考进了坐落在长沙城南的湖南妙高峰中学。1925 年，15 岁的叶紫考进了位于长沙油铺街的湖南华中美术学校。

1926 年，轰轰烈烈的农民运动在湖南蓬勃兴起。在叔叔余璜的影响和推动下，叶紫全家主要成员均投入了革命斗争。四叔余璜为共产党员，在农民运动的"洪流激荡里""做了一个主要的人"。余璜先后任县总工会会长、县农民协会会长兼农民自卫军大队长。在余璜的影响下，叶紫的父亲余达才、叔叔余寅宾、姐姐余裕春、余也民都"卷入了这一个新的时代的潮流"[①]，分别担任县乡农

---

① 叶紫：《我怎样与文学发生关系》，见胡从经编《叶紫文集》下卷，湖南人民出版社 1983 年版，第 505 页。

民协会和妇女协会的负责人。1926 年年底，叶紫离开华中美术学校，转入了中央军事政治学校武汉分校学习。

1927 年，蒋介石发动的“四一二”反革命政变，许克祥在长沙制造“马日事变”，血腥屠杀共产党人和革命群众。余璜率领农民自卫军与反动武装浴血搏斗，且战且退，转移湘西，再转洪湖，加入了红六军段德昌部。后在 1932 年突围时，与其妻郭雄双双英勇牺牲。1927 年 6 月，大革命失败后，叶紫的父亲余达才、姐姐余也民因未能及时转移，不幸在县农会附近的余家宗祠同时被捕，惨遭杀害。叔叔“余寅宾带领全家老小外出逃难。叶紫的祖母、寅宾的妻子、余璜的前妻及五个子女在逃亡中先后病死、饿死、淹死”①

“马日事变”对叶紫一家来说是一场浩劫，余家从此一贫如洗。叶紫也只得中途辍学，开始了流亡生涯。1928 年，他曾流亡到南京，同年冬天又回到了湖南。其间，他“从大都市流到小都市，由小都市流到农村”，“又由破碎的农村中，流到了这繁华的上海”。他学过道，当过兵，做过苦力，甚至讨过饭，痛苦而又屈辱的经历，对他的世界观产生了深刻的影响。本来，他的流亡只是为了寻求个人的报仇雪恨的道路，但沿途所见所闻、所经所历使他深切感受到，受苦受难的不仅仅是他一家，吃人的地方也不仅仅是益阳。“一切人类的白眼，一切人类的憎恶！……痛苦像毒蛇似的，永远噬啮我的心”，“于是，我完全明白了。世界上没有不吃人的地方，没有可以容许痛苦的人们生存的一个角落！”②

1929 年，叶紫流浪到了上海后，4 月，在其老师卜息园介绍下加入了中国共产党。不久，他与卜息园回湖南进行革命活动，卜息园不幸在湘阴被捕，于 1930 年 5 月在长沙被杀害。叶紫得到了卜息园化名从狱中寄出的信后，及时转移，返回上海。但在 1931 年春仍被当局以“共党嫌疑犯”罪名逮捕入狱，在龙华监狱被关了 8 个月，后经党组织营救出狱。

不久，叶紫与从湖南来的未婚妻汤咏兰组织了家庭。随着几个子女的出世，他的家累之重、生活之艰辛、世所罕见：“六十三岁的母亲，生肺病的老婆，和

---

① 叶雪芬：《叶紫代表作》前言，黄河文艺出版社 1987 年版。

② 叶紫：《我怎样与文学发生关系》，见《叶紫文集》下卷（胡从经编），湖南人民出版社 1983 年版，第 507 页。

几个营养不良的孱弱的孩子，被饥饿、水灾和一些无情的环境的威胁，从三千多里路的故乡，狼狈地逃亡出来，想依靠我这一月有十多元稿费收入的儿子、丈夫和父亲过活。”①为了使一家人不至于饿死、冻死，只要能挣点钱的活计，叶紫都去干。他当过弄堂学校教员，女子书店职员，函授学校雇员；当过警察，还曾为西林寺和尚抄写过签条，偶尔也写点文章，挣点稿费。应该说，叶紫一直在为生计而奔波着。最困难的时候，家里已经揭不开锅，仅靠朋友接济勉强糊口。“叶紫是在生计如此艰难的情况下，走上文学道路的。”②

1932 年，叶紫与陈企霞相识，通过一年左右的交往，他们感觉同心相应，兴趣相近，同气相求，遂结为志同道合的朋友。1933 年春，他们组织一批想进文坛但又难以跨进文坛的文学青年，成立了“无名文艺社”，并相继创办了《无名文艺》旬刊和月刊。1933 年 2 月 5 日，《无名文艺》旬刊创刊号出版，叶紫作发刊词《从这庞杂的文坛说到我们这刊物》，署名“叶子”。1933 年 6 月 1 日，《无名文艺月刊》创刊号上，第一次以“叶紫”为笔名发表了著名短篇小说《丰收》，作为叶紫的代表作，迅速引起了文坛的注意。同月，由谭林通、胡楣（即女诗人关露）介绍，加入了中国左翼作家联盟，从此正式踏上了文学道路。

1934 年 3 月，《中华日报》副刊《动向》创刊，主编聂绀弩。早在办“无名文艺社”的时候，叶紫就认识了聂绀弩。现在，他们又同在“左联”中，而且在一个小组过“组织生活”。聂绀弩了解叶紫，深知他的文学水平和写作能力，为人又诚恳、乐观，爱交朋友。他还知道叶紫家庭负担很重，没有职业，没有固定收入，目前全靠卖文养家。聂绀弩也是出于同情，聘请了叶紫当了《动向》的助理编辑，经与社长协调，使叶紫每月可得 60 元报酬。这对叶紫来说，可谓真正的雪中送炭。

在这几年里，叶紫的创作热情被现实环境进一步激活。在当时的《文艺》《文学新地》《当代文学》《中华日报》《现代》等报刊上，叶紫发表了大量的作品，主要是小说和散文。在这些作品中，叶紫主要以他的亲身经历和所见所闻所

① 叶紫：《好消息》，见《叶紫文集》下卷（胡从经编），湖南人民出版社 1983 年版，第 481 页。

② 周葱秀：《叶紫评传》，重庆出版社 1993 年版，第 46 页。

感，生动地再现了大革命时期农民运动、20 世纪 30 年代农村的现状和农民的困苦的生活以及农民为了改变现状而进行的不屈的斗争。通过典型环境的描写和典型形象的塑造，艺术地展示了时代的风貌和历史发展趋向。他的作品因此而有了深广的历史内容和长效的艺术魅力。

1935 年 3 月，在鲁迅的大力支持下，叶紫自费出版了《奴隶丛书》之一的《丰收》，内收《丰收》《火》《电网外》《夜哨线》《杨七公公过年》《乡导》等六篇短篇小说，鲁迅为之作序，给予了高度的评价。1935 年 2 月，叶紫还用其妻汤咏兰的名字出版了一本《现代女子书信指导》。1936 年出版了中篇小说《星》。1937 年 4 月出版了第二部短篇小说集《山村一夜》，内收短篇小说《山村一夜》《偷莲》《鱼》《湖上》《校长先生》《电车上》等六篇。另有一些小说或写完或编就，都因种种原因未能出版。已经动笔的中篇小说《菱》和“纪念碑式的”长篇小说《太阳从西边出来》（叶紫语），都因他贫病缠身、家累沉重而无法完成，成为憾事。

1937 年，上海“八一三”抗战爆发，叶紫因家累和疾病，不得不絜妇将雏，离开上海，回到家乡养病。但终因贫病交加，于 1939 年 10 月 5 日（夏历八月二十三日）下午七时，病逝于兰溪上渡口老渡夫刘少山的茅屋中，终年 29 岁。

叶紫的一生是短暂的，但他用自己的优秀的作品证明了他的一生更是辉煌的。他的经历“抵得上太平天下的顺民的一世纪的经历”，他的作品，“不但为一大群中国青年读者所支持，当《电网外》在《文学新地》上以《王伯伯》的题目发表后，就得到了世界的读者了”①。因此，我们说，叶紫的创作在当年的文坛上是独树一帜的，他是 20 世纪 30 年代有着显著影响的革命作家之一，他对中国新民主主义革命和中国现代文学的发展都做出了卓越的贡献。

（2018 年 8 月 1 日）

① 鲁迅：《叶紫作〈丰收〉序》，见《鲁迅杂文全编》（五），人民文学出版社 2006 年版，第 2 页。

# 叶紫主要作品出版概览

一、《现代女子书信指导》，署名汤咏兰女士，上海女子书店1935年2月初版，为姚名达主编的《女子文库》（学术指导丛书）之一。

二、《丰收》（短篇小说集），上海容光书局1935年3月初版，为奴隶社《奴隶丛书》之一。

三、《星》（中篇小说）上海文化生活出版社1936年12月初版，为巴金主编《文学丛刊》第三集第一册。

四、《山村一夜》（短篇小说集），上海良友图书印刷公司1937年4月15日初版。

五、《菱》（长篇小说之第一章），香港《大公报》副刊《文艺》1940年3月20日初刊。

六、《叶紫创作集》（小说散文集），人民文学出版社1955年2月初版。

七、《叶紫选集》，人民文学出版社1959年3月第一版。

八、《叶紫文集》（胡从经编），湖南人民出版社1983年11月第一版。

九、《丰收》（鲁迅作序跋的著作选辑），上海书店1985年11月影印出版。

十、《叶紫代表作》（叶雪芬编），黄河文艺出版社1987年11月第一版。

十一、《叶紫小说选》（英汉对照），中国文学出版社1998年8月第一版。

十二、《湖上——叶紫代表作》（中国现代文学馆编），华夏出版社2003年5月第一版。

十三、《叶紫散文选集》(叶雪芬编),百花文艺出版社 2004 年 8 月第一版。

十四、《叶紫代表作——丰收》,华夏出版社 2009 年 1 月第一版。

十五《叶紫文集》(中国近现代名人文萃),线装书局 2009 年 6 月第一版。

十六、《叶紫精品集》(中国现代文学大师精品集丛书),世界图书出版公司 2010 年 1 月第一版。

十七、《星》(中篇小说金库,林贤治、肖建国主编),花城出版社 2010 年 11 月第一版。

十八、《叶紫》上下(中国现代散文经典文库,黄勇主编),汕头大学出版社 2014 年 3 月第一版。

十九、《叶紫》上下(中国现代小说经典文库,黄勇主编),汕头大学出版社 2014 年 10 月第一版。

二十、《山村一夜·叶紫精品文集》,成都时代出版社 2014 年 1 月第一版。

二十一、《云普叔的丰收》(叶紫著、有雁改编、洪荫培绘),上海人民美术出版社 2015 年 5 月第一版。

二十二、《玉衣》(民国美文典藏文库),中国文史出版社 2016 年 1 月第一版。

二十三、《叶紫精品选》(中国书籍文学馆·大师经典系列),中国书籍出版社 2016 年 3 月第一版。

二十四、《叶紫精品文集》,团结出版社 2018 年 5 月第一版

(2018 年 7 月 25 日)

# 叶紫笔名录

叶紫(1910—1939),我国20世纪30年代著名的无产阶级革命作家。湖南益阳人。在中国现代文学史上,叶紫是一个独特的存在。他仅仅活了29岁,英年早逝;他的文学创作活动也仅有短短的六七年时间。但他在动荡不安、贫病交加、饥寒交迫的环境下,为我们留下了近百万字的优秀作品。在他生前,已出版了两部短篇小说集:《丰收》、《山村一夜》;一部中篇小说《星》;另有用其妻汤咏兰名出版了一部《现代女子书信指导》;此外,还有一些散见于报刊的作品。已经动笔的中篇小说《菱》及可能成为"纪念碑式的"长篇小说《太阳从西边出来》均因为作者英年早逝而未能完成,成为文坛憾事。

叶紫的作品,大多聚焦于湖南洞庭湖畔农村的现状和农民苦难生活的场景,在整个湖南农民运动的大背景下,充分反映了当时的社会现实和农民的抗争。视觉所见是满目疮痍的社会"肌体",是战争的灾难,是制度的腐败。但同时,我们也从作者出色的表现力中感受到了"青春的生命底烈火"。在作者的笔下,农民尤其是年青一代的农民,正在逐步觉醒。他们对旧制度的抗争正在逐步由自发走向自觉。因此,叶紫的作品总能让人从中体会到昂扬的革命热情,震撼着人们的心灵。他也因此被称为中国现代文学史上的一颗耀眼的彗星。

叶紫,原名余昭明,上小学时取名余鹤林,上中学时改名余繁,后来曾化名汤宠、余自强,伊凡等。

从事文学创作后,叶紫曾使用过包括"叶紫"在内的多个笔名。现将他的笔名及每个笔名首次使用的情况以发表的时间为顺序辑录如下，以供研究者参考。

1.咏兰。1932年9月3日作《打听女诗人的消息》，投寄杭州《国民新闻》的《现代妇女》栏目，已发表，但具体时日不详，后辑入《现代女子书信指导》。

2.叶子。1933年2月5日《无名文艺旬刊》创刊号发表《从这庞杂的文坛说到我们这刊物》。

3.雨沫。1933年2月15日《无名文艺旬刊》第二期发表小说《三月间》。雨沫是余家最末一个孩子的谐音。

4.叶紫。1933年6月1日《无名文艺月刊》创刊号发表短篇小说代表作《丰收》。

5.阿紫。1933年9月《长风》半月刊第一卷第一期发表短篇小说《朦胧中》。

6.杨镜清。1933年9月25日，《文学新地》第一卷第一期发表短篇小说《王伯伯》，收入短篇小说集《丰收》时改名《电网外》。

7.紫。1933年《无名文艺旬刊》创刊号发表《紧要声明》及1934年2月18日和1934年2月25日《申报》副刊《妇女园地》第一号第二号发表《爱伦凯和柯仑泰》（上、下）。

8.阿芷。1934年4月12日《中华日报》副刊《动向》发表《文坛登龙新术》。

9.柳七。1934年4月12日《中华日报》副刊《动向》发表《忆家煌》。

10.杨樱。1934年4月19日《中华日报》副刊《动向》发表《新作家草明》。

11.黄德。1934年6月21日《中华日报》副刊《动向》发表《“手续费”与“刀手费”——读〈裤子掉下来〉以后》。

12.汤咏兰。1934年9月1日《女子月刊》第二卷第九期发表《妇女经济与教育平等》。

13.汤咏兰女士。1935年2月上海女子书店出版《现代女子书信指导》（此为姚名达主编的《女子文库》学术指导丛书之一）。

14.辛卓佳。1935 年 7 月 8 日《申报》副刊《自由谈》发表广告。

15.陈芳。1935 年 9 月 16 日《文学季刊》第二卷第三期发表中篇小说《菱》。

（原载 2019 年 6 月 10 日《藏书报》）

# “叶紫”笔名的由来

叶紫原名余鹤林。1933年6月1日在《无名文艺月刊》创刊号上，发表了他的短篇小说代表作《丰收》，第一次用“叶紫”作笔名。

取名“叶紫”，含义是很深刻的。有纪念自己祖母的因素（叶是叶紫祖母的姓），但主要是纪念自己不寻常的生活经历，表示对当时黑暗的社会现实的愤懑之情。紫，是血的象征。叶紫常对人说，他是从血泊中爬过来的人。叶紫的叔叔余璜是益阳县农民运动的主要领导者之一，在他的影响下，叶紫的父亲、姐姐也都参加了革命斗争。后因大革命失败，叶紫的叔叔、父亲、姐姐、祖母、婶婶及余璜的几个子女等，或惨遭反动派杀害，或在逃难过程中病死、饿死、淹死。叶紫也曾遭到反动派的追捕，幸在亲友的掩护下，才逃出虎口，从此开始天涯漂泊，过着流浪的生活。他做过工、当过兵、学过道、卖过文、甚至讨过饭……在丰富而又痛苦的经历中，叶紫走遍了长江中下游地区，深感社会之黑暗、现实之腐败。所以，他不仅在作品中“全力攻击社会的丑恶，揭破社会的丑恶，毫不容情地将社会的一切腐烂、罪恶统统暴露出来，哪怕是一毛一角一点点”①。即使在给自己起笔名时，也不忘记这一点。以致随着时间的推移，人们记得他的笔名，对他的原名反而淡忘了。

（原载湖南《益阳师专学报》社会科学版1986年第1期）

① 《叶紫日记》，见叶雪芬编《叶紫研究资料》，湖南人民出版社1985年版，第102页。

# 叶圣陶改名的由来

叶圣陶(原名叶绍钧),自幼聪慧好学。1906 年,长元吴公立小学在苏州夏侯桥创立,教师有章伯寅、朱遂颜等,在当时被称为洋学堂。叶绍钧进这所洋学堂之初,就请章伯寅先生给起一个立志于爱国强国的字。章先生说,你名绍钧,有诗曰“秉国之均”,你就取“秉臣”为字甚好。

叶绍钧在学习之余,总是和章元善、顾颉刚等同学一起,把明末清初的昆山抗清志士、学问家顾亭林引为骄傲,奉为楷模,或聚于园林,或集于茶馆,谈苏州的人物地理,谈“天下兴亡,匹夫有责”。

辛亥革命爆发后,随着军事、政治形势的发展,年仅 17 岁的叶绍钧思考问题更深入、头脑更冷静。在上海起事后,苏州也在 11 月 4 日晚宣布独立。江苏巡抚程德全换称了都督,巡防营中的大兵手臂上缠了白布,商店前挂起了白旗。这些都使年轻的叶绍钧激动得不能自己。苏州光复后的第二天,叶绍钧找到了章先生说,清廷已经覆没,皇帝已被打到,我不能再作“臣”了(指原取的字“秉臣”),请先生给改一个字。先生也为学生的爱国热情所感动笑了笑说,你名绍钧,有诗曰“圣人陶钧万物”,就取“圣陶”为号吧。

1911 年 11 月 11 日在苏州《大汉报》发表《大汉天声・祝辞》时,叶圣陶之名第一次出现在出版物上。之后,随着长篇小说《倪焕之》和短篇小说《潘先生在难中》等一大批佳作的陆续问世,叶圣陶的名字已为文学史家常常提起,并被读者所喜爱。

〔原载 1996 年 3 月 15 日第 7 版《人民日报》(海外版)〕

# “巴金”笔名的由来

巴金原名李尧棠，字芾甘，取自《诗经·召南·甘棠》诗句。作为中国现代文学史上的著名作家，他的长篇小说《激流三部曲》(《家》《春》《秋》)、《爱情的三部曲》(《雾》《雨》《电》)、《寒夜》《憩园》等已成为公认的经典作品。

第一次使用“巴金”笔名，是在他发表第一部长篇小说《灭亡》的时候。对这一笔名，曾引起了中外研究巴金的学者的种种猜测和解释。有人认为，“巴金”两个字就是代表无政府主义者巴枯宁和克鲁泡特金，因为巴金曾经信仰过无政府主义。其实，这是一种误解。巴金的笔名得来有很大的偶然性。

那是小说《灭亡》写完不久，李尧棠准备自己花钱，把它排印出来，让在成都的大哥和已经从苏州东吴大学转到北平燕京大学的三哥看看，并打算送部分朋友。作品要印出来，自然需要作者的署名。尧棠又不愿署自己的本名。正是在这个时候，他忽然听到了同学巴恩波在项热投江自杀，尧棠感到很震惊，也不知道这位同学因何而死。但他感到很痛苦，为了纪念这个同学，就想到把这个《百家姓》很陌生的“巴”字用作自己的笔名，只是还缺一个字。恰好这时一个学哲学的安徽朋友詹剑峰从外面进来，他见尧棠正在为自己的笔名苦苦思索(詹剑峰是《灭亡》的第一个读者)，一眼又看到了桌子上放着一本英译克鲁泡特金的《伦理学》，就笑着建议用那个“金”字，尧棠接受了，就在“巴”字后面加了个“金”字。

从此,“巴金”的名字随着源源不断的作品成为文坛常见的人们十分敬佩的名字,对于他的本名,人们反而逐渐淡忘了。

(原载 1995 年 6 月 14 日《滁州日报》)

# “柔石”笔名的由来

柔石，我国20世纪二三十年的著名青年作家，“左联”五烈士之一，无产阶级革命文学的前驱战士，他用自己的笔和鲜血，写下了中国无产阶级革命文学壮丽的一页。

柔石，本姓赵，名平福，后改名平复，又名少雄，笔名尚有金桥、刘志清、赵璜、方前等。1920年9月28日，柔石出生于浙江宁海县。幼年的柔石深受父母宠爱，因他出生在寅年，属虎，父母称他“归山虎”。又因为他出生时，正是稻谷丰收的季节，所以外祖母又称他“熟年儿”。

1928年10月，已进入创作收获季节的柔石，在《奔流》上发表短篇小说《人鬼和他底妻的故事》，第一次用了一个刚柔相济的名字——柔石。取名柔石，是有一定的缘由的，其间寄托了柔石对家乡山水的深情厚谊。

柔石家乡宁海的自然风光是很美的。他的家坐落在城西的上项畈，门前是阡陌纵横的稻田和油菜田。一到春天，繁星般的紫云英，黄灿灿的油菜花，呈现出缤纷的色彩，一湾溪水，潺潺而过。远处环列着苍翠的山峦，东边稍近处，巅上石塔危立的是有名的跃龙山。跃龙山下，岩石耸峙，潭水碧清，风景绝佳。柔石从小就徜徉在青山绿水之间，任凭山水的钟灵秀气陶冶自己的心灵。他住家的东侧，通过方祠的小巷转弯处，铺有一块大的长条石，条石上镌有“金桥柔石”四个字。“柔石”由此取名。后来，他还用“金桥”作过笔名。

由此可见，柔石虽然远离故土，在上海这样的大都市“努力、刻苦、忠心于文艺”,并且取得了令人瞩目的文学成就。但是,柔石并没有忘记自己的故乡,没有忘掉自己的创作的生活之源。这,也许正是柔石能以他数量不多的文学作品在中国现代文学史上留下了辉煌一笔的主要原因之一。

〔原载 1993 年 3 月 4 日第 7 版《人民日报》(海外版)〕

# 钱钟书取字“默存”的由来

钱钟书才高一世，颇自负自许，也相当的“狂”。司马长风在《中国新文学史》中称他是中国现代文学史上的两个“狂人”之一。据说，钱钟书少年时期就狂得惊人。从小就不愿赞扬别人。相反，被他批评、挖苦、调侃过的人倒不少。其中，有他的同学、朋友，也有他的师长、前辈，如朱自清、周作人、冯友兰、赵万里、吴宓，甚至还包括他的父亲钱基博（钱基博是近代著名国学家，被世人称为“江南才子”）。在清华大学读书时，钱钟书就说过：“整个清华，没有一个教授有资格充当钱某人的导师！”

他狂傲、自负、目空一切，信口开河，任意臧否人物，常常得罪人。为此，他父亲钱基博特意为他取字“默存”，告诫他要缄默无言，存念于心。在实际生活中，对于少年、青年时期的钱钟书，取字“默存”却没有起到什么明显的作用。他自称：小时候自己嘴笨，与别人口角总是吃败仗，讲不出理。自己气不过才发愤练习，终于练就了口才。

到了年过半百之后，时代的脚步已经跨进了“文化大革命”。人们很难见到他的身影，很难听到他的声音，更难见到他的著作。钱钟书倒是真正成了名副其实的“默存”。

（原载1993年1月1日《滁州日报》）

# “丁玲”笔名的由来

丁玲，我国杰出的无产阶级革命文艺战士，国内外享有盛誉的著名作家和社会活动家。1927 年她开始发表小说《莎菲女士的日记》《梦珂》等作品，大胆揭露旧中国的黑暗现实，表现“五四”前后觉醒的知识青年的痛苦与追求，引起了强烈的社会反响。1948 年写成的著名长篇小说《太阳照在桑干河上》，深刻地反映了中国农村在新民主主义革命中的巨大变革，是中国现代文学史上的突出成就，同时也荣获了斯大林文艺奖金。

丁玲，姓蒋，乳名冰姿，入学时母亲为其取名蒋伟，以冰之为字（谐姿音）。取这个名、字，母亲希望她既有伟大的成就，成为伟大的人物，又希望她有冰雪般的纯洁和坚贞的操守。但丁玲不喜欢这个“伟大”的名字。中学时自己改“伟”为“玮”，叫蒋玮。“五四”运动之后，进步青年常常用废除字、号，甚至姓氏来表示自己的反封建意识。1922 年，进入上海平民女子学校时，她也去掉了姓氏，只以“冰之”为名。

至于用“丁玲”为笔名，却是在上海大学时取用的。丁玲的丈夫陈明曾解释说：“用‘丁玲’作笔名是偶然的，既不是从父姓，也不是从母姓。1922 年初到上海入平民女校时起，曾废姓年余，但废姓期间，仍经常有人要问‘贵姓’？且追问父母，丁玲不胜其烦。入上海大学时，便找了个笔画较少的字‘丁’作姓。”后来，她还用过“丁冰之”之名。茅盾先生在《女作家丁玲》中曾说：“那时候她不叫丁玲,叫丁冰之。”丁玲还曾用过彬芷、丛喧、曼加、玿珋等笔名,不过较之笔名“丁玲”,影响就小得多了!

(原载1997年7月17日《滁州日报》)

# “茅盾”笔名的由来

茅盾，我国“五四”新文学运动的积极参加者和倡导者，我国现代革命文艺战线上的一名杰出的老战士。他原名沈鸿，后改名沈德鸿，字雁冰。“茅盾”，是他从发表长篇小说《幻灭》(《蚀》三部曲之一)时起用的笔名。取笔名“茅盾”是有一定缘由的。

大革命时期，国共两党虽然维持着统一战线的局面，但内部的斗争是非常激烈的。在统一战线内部真正的革命者是共产党人和国民党中的左派。以蒋介石为首的国民党右派实际上已经背叛了孙中山先生的三大政策，时刻酝酿着种种反革命阴谋，企图背叛革命。

当时，沈雁冰在上海家中过着隐居的生活，在孤寂的环境中，回忆从“五四”到大革命时期的斗争生活，情绪悲观低沉。在那一段时期内，他接触了许多小资产阶级知识青年，尤其是一些刚刚跨出校门和闺房的女性青年。她们对于革命的幻想、狂热，对于革命的怀疑和幻灭，都引起了沈雁冰的注意。他眼见“许多人出乖露丑”，“眼见许多现代女性发狂颓废，悲观消沉”，同时，也感到“自己生活上、思想上也有很大的矛盾”。因此，逐渐产生了写小说的念头。《蚀》三部曲就是在这种情况下创作出来的。

《蚀》三部曲之一《幻灭》写成后，用的是“矛盾”笔名。作者自己认为，除对社会现状的认识之外，“那时候，我又看到不少人思想上实在有矛盾，甚至言行也有矛盾，却又总以为自己没有矛盾，常常侃侃而谈，教训别人”，——为了“讽刺别人也嘲笑自己的文人积习，于是，我取了‘矛盾’作为笔名”。小说在发表时，《小说月报》的编辑叶圣陶认为，“矛盾”二字显然是假名，为了避免引起麻烦，就在“矛”字上面加一个草字头。从此，“茅盾”这个名字随着大量作品的出现，逐步被社会特别是文坛所接受。而茅盾的作品以其深刻的思想性和精湛的艺术性为人们所称颂，从而在中国现代文学史上占有辉煌的一页！

（原载 1995 年 11 月 23 日《滁州日报》）

# 严肃作家与流行书名

曾活跃于我国20世纪二三十年代的文坛宿将施蛰存先生，是现代文学中现代主义创作流派硕果仅存的作家，至今仍有着广泛的读者。近年来，人民文学出版社将其二、三十年代的作品重新结集，定名为《十年创作集》，分上下集出版。作品重新面世时，上集定名为《石秀之恋》，下集定名为《雾·鸥·流星》。我因为爱读施先生的作品，得到消息后即去书店，却只购得《雾·鸥·流星》一册。至于上册《石秀之恋》，据书店同志说，因书名比下册吸引人，早就卖完了。本来完整的一套书，因为书名的“现代”程度不同，销量也就不同，害的本人也难以购得全套，很是遗憾。后经朋友帮助，才得完璧。高兴之余，细读作家的引言，才发现“残缺”现象，作家本人是有所察觉的。

施蛰存先生说：“为了出版发行的方便，这个《十年创作集》得分印为两册，每册各自定名。”“书名未必用以概括内容，仅是取其新异，容易在书市上引起注意。这是文化事业的广告技术，请读者不要以辞害意。”读到这里，我确实感到了这位80多岁的老作家的无可奈何的心态。字里行间所现，他对现有书名并不满意。如满意，就不必一再声明了。但是，不满意又没有办法，“市场调节”嘛！要赢得“上帝”的青睐，就要适应“上帝”的胃口。施蛰存的名字当年如雷贯耳，今人未必熟悉，只好用“雾”呀、“流星”呀、“恋”呀这些去吸引你注意。照我看来，一边是严肃认真的、被文学史家命名为“新感觉派”小说的主将，一边却是品味并不算高的世俗的书名，本身就是一件很滑稽的事情。我想，老作家也会哭笑不得的。

好在施先生已经告诫“不要以辞害意”,人们也不会因此而减弱对施蛰存先生作品的欣赏,更不会因书名而影响作品的艺术价值。但是,作为读者,是否要增加一点艺术素养,提高一点欣赏的品位呢?这,也许还值得我们认真思考一番的。

(原载 1993 年 7 月 25 日《滁州日报》)

# 林语堂与吸烟

林语堂，一位在国际文坛上知名度很高的中国作家，一生不仅以著作等身、成就突出闻名于世，他与香烟结下的不解之缘也在他的生活中引发了不少趣闻轶事。据说"饭后一袋烟，赛过活神仙"这一句名言，最初就是出自林语堂之口，后来竟成为烟草公司的最佳广告用语而广为流传。

林语堂提倡吸烟，且有专文论述。在《吸烟与教育》一文中，他说："吸烟者不必皆文人，而文人理应吸烟，此颠扑不破之至理名言，足与天地万古长存者也。"他还认为："吸烟之所以为贵，在其能代表一种自由谈学的风味。"

在生活中，林语堂更是身体力行。每当宾朋满座时，林语堂的"有不为斋"中必定是烟雾弥漫。他自己喜欢用烟斗吸烟丝，可谓是中国传统风格。圆的那一端因燃点烟丝而发热，他喜欢用微温的烟斗在鼻子上轻轻地摩擦，所以，他的鼻子和烟斗常常是油光可鉴的。说话时，烟斗就像教师手中的教鞭，警察手中的警棍一样，成为他手中的一种道具。林语堂说，没有烟斗，他什么事也做不了。有时他找不到烟斗，就"感到双手空虚而懒散"，他会满屋子乱翻一气，嘴里还会嘀咕着："我的烟斗，我的烟斗在哪里？"找到后便会满意地哈哈大笑。所以，他的女儿说："父亲常常为他心爱的烟斗而发狂。""父亲上百货商店时，如果店员不容许人吸烟，父亲就会说，他从此不上那铺子买东西。"

和其他烟民一样，林语堂也曾"发过宏愿，立志戒烟，在相当长的时期内与此烟魔决一雌雄"。有一次，他"忽然高兴戒烟起来"，结果，"经过三星期之久，才受到良心责备，悔悟前非。”因为，“在这三星期中，我如何的昏迷，如何的懦弱，明知与自己心身有益的一根小小的香烟，就没有胆量，取来享用”，他认为，这“真是一段丑史”。结果，他“赌咒着，再不颓唐，再不失检，要老老实实地做吸烟的信徒，一直到老耄为止”①。

（原载江苏《乡土》月刊 1992 年 12 期）

① 林语堂：《我的戒烟》，见《林语堂自传》，河北人民出版社 1991 年版，第 155 页。

# 跋

当这本小书即将问世之际，我内心涌动着难以言尽的感受。

1977 年恢复高考后，我有幸进入大学中文系学习，条件虽然艰苦，但对前景还是信心满满的。记得当年的课堂上除老师的讲解之外，很少有正规出版的教材，更难见到现今社会中常见的铺天盖地的参考资料，所以在听课时，我们就十分认真地做好笔记。在各学科老师的引导下，我们还是感觉进入了一片新的天地。一两年之后，我对中国现代文学有了一点兴趣，故提笔写了一篇谈鲁迅作品的小文，投寄一家学术刊物后，很快被刊用。这令我很高兴了一阵子。可以说从那时起我就开始编织一个关于中国现代文学研究的梦。毕业后随着院校调整，我到了安庆师范学院工作，可以说我有了一个适合自己生存的良好环境，心情当然是舒畅的。但事与愿违，在学院工作不满三年，就因家庭原因不得不离开学校。我回到滁州后，一直在机关工作，离学术越来越远。但我对中国现代文学的兴趣仍在，平时继续注意搜集相关资料，直到现在。我常常想“重操旧业”，但毕竟时代进步太快，我能否跟上，心中确实没有底。

收入本书的大多是多年前的旧作，幼稚是明显的，现在回过头来看看这些文字，自己也有点脸颊发红，耳根发烧。但这里有我青春的记忆，有我年轻时的追求，曾经的努力至今使我难以忘怀。我之所以还愿意把它印出来，一是怀旧情绪使然，一是想通过本书出版看看能否对我渐近枯竭的对中国现代文学的兴趣有一点浸润，如果能借此“激活”当然更好。

这里有一点需要说明的是，所收文章均按原作录入，不做大的改动，但一些文字上的错漏在编校中做了适当的纠正。特别是一些注释，原刊物发表时有脚注、尾注、夹注，现在，为了统一，尽量按照出版规范做了调整。有的引文原版本太老旧，也重新参考近年出版的原著加以修改。

最后，我要特别感谢王晓光、周振华两位先生在本书出版过程中给予的关心和帮助。

臧连明

2019 年 6 月 20 日